문학과지성 시인선 578

젖은 풍경은
잘 말리기

이기리 시집

문학과지성사

문학과지성 시인선 578

젖은 풍경은 잘 말리기

펴 낸 날 2022년 12월 5일

지은이 이기리
펴낸이 이광호
주간 이근혜
편집 이주이 김필균 허단 방원경 윤소진 유하은
마케팅 이가은 허황 이지현 맹정현
제작 강병석
펴낸곳 ㈜문학과지성사
등록번호 제1993-000098호
주소 04034 서울 마포구 잔다리로7길 18(서교동 377-20)
전화 02)338-7224
팩스 02)323-4180(편집) 02)338-7221(영업)
대표메일 moonji@moonji.com
저작권 문의 copyright@moonji.com
홈페이지 www.moonji.com

ⓒ 이기리, 2022. Printed in Seoul, Korea

ISBN 978-89-320-4099-8 03810

문학과지성 시인선 578

젖은 풍경은 잘 말리기

이기리

시인의 말

낙엽을 쓰는 빗자루,
길가에 낙엽들이 쌓인다.
어떤 낙엽들은 무덤처럼 모여 있다.
저 안에 죽은 것은 없는데
무언가 죽었다고 믿게 된다.

불쑥 겨울이 온다.
길은 꽃과 풀과 낙엽과
죽은 것을
깔끔하게 지우고 쭉 뻗어 있다.

그리고 이렇게나 많은 사람들과 살아가고 있다.
하나도 자연스럽지 않다.

2022년 겨울
이기리

젖은 풍경은 잘 말리기

차례

시인의 말

1부

여백 발화

무엇이 그렇게 무섭고 두려워? 무엇이 너를 이토록 혼란스럽게 하는데 눈부셨던 여름? 사정 따위 봐주지 않던 크리스마스? 지나간 시간 속에서만 사는 사람들? 어쩌건데 무엇이 달라지기를 바라는 건데 사람이 사람을 만나지 않았으면 해? 그럼 이보다 더 나아져? 비교돼? 문전박대가 슬프니? 사람을 이번에도 받아들이지 않을래? 잠시 기댈 수 있는 호칭이 되고 싶었는데 중요하니? 중요하지 않아

부디 시간을 거꾸로 돌리지 말자 거기에는 나도 없고 너도 없어
아무 의미도

두렵니? 너의 파렴치한 생각이 두려워? 실은 두려웠어 며칠간 이상한 생각도 많이 했어 눈알을 뽑고 젖꼭지를 잘라냈지 희망들을 걸러 잘게 으깬 뒤 입속으로 털어넣었지 손가락 하나 움직일 수 없도록 꽁꽁 묶었지 스스로를 포기할 수 있도록 이상했지만, 인간다운 바람이었지 가질 수 없을 바에는…… 너를 판단하려는 말들에 화

가 날 때도 있었지만 이제 다 그만해 대체 무엇을 알고
지껄이는 건지

　나는 주어지는 일들에만 집중할 것이다
　그 어떤 잣대로도 우리를 정의할 수 없다

　그냥 너와 선베드에 누워 피부를 태우는 시간이 좋아
그냥 너와 물속에 두 발을 담그고 지는 석양을 보는 시간
이 좋아 그냥 엄마가 아이를 안고 물장구를 연습시키는
시간이 좋아 그냥 수없이 올라오는 기포들이 우리의 마
지막 몸부림 같아서 좋아

　가시밭, 나지막이, 헤쳐 나가기
　복숭아, 고스란히, 새어 나오기

　연필 그림자로 아무리 그어도 밑줄은 그어지지 않아
허무하니? 문장은 이미 탄생했는데 이것이 너의 방목 너
의 끝 다 연기였니? 스크린 속 장면들에 불과했니? 밤하
늘에 구멍을 냈더니 줄줄 흐르는 별들아,

가을이다 가을인가 봐

번지는 빛 때문에
사라질 수 있을 것 같아 이 기분은

흙비

이를테면 한해살이풀이란 말이 여름 내내 걸음을 기우
는 것

왜 이 길로 가느냐고 물었다 저쪽으로 가면 돌아가지
않고 한 번에 갈 수 있는데
　슈퍼를 지나 공원을 끼는 이 지루하고 재미없고 무딘
길을 걷느냐고
　당신은 말없이 씩 웃으며 머리를 긁적거렸다
　이유를 대답할 수 없다는 듯이
　푹푹 찌는 무더위에 어느덧 숨은 가쁘고 이마엔 땀이
송골송골 맺혔다 손바닥을 바지에 문질렀다 주머니에 손
을 넣고 미간을 찌푸렸다
　이해할 수 없는 동선이다 당신은 왜 이토록 나를 힘들
게 하지? 나는
　세탁소에 맡긴 옷들을 찾으러 나왔을 뿐인데 이봐요
당신,
　나는 처음부터 산책 따위를 할 마음이 없었단 말이야

아이들은 공원에서 신나게 뛰어놀고 있었다

푸릇한 나무들이 비자림처럼 울창했고 이제 여기선 정말

식물 이름을 알 수가 없었다 저건 이름이 뭐지? 당신은 여전히 내 옆으로 다가와 말이 없었다가 슬며시 팔짱을 꼈다

팔과 몸 사이에 또 다른 팔이 들어올 수 있다는 것에 나는 잠깐 놀라기도 했다

내 남은 팔은 그리할 수 없는데

사이라는 것은 많은 일을 가능하게 하는구나

어느 고요한 벤치에는 육체와 멀어진

한 그림자가 주저앉았다가 그대로 쓰러졌다

여름을 열심히 걷다 보면 봄이 오나 보다

이윽고 팔짱을 낀 당신의 몸이 나의 몸속으로 스며들고 있었다

그것은 배고픔을 못 느끼고 무수한 어깨에 치이는 족족 넘어지고

더는 밝은 곳으로 향할 수 없다는 직감의 명령이었다

당신은 말이 없었고 당신은 생각하지 않았고 당신은

단지 나를

　　조금 돌아가게 하는 존재, 무엇을 보라고 어디로 가라고

　　세탁소에 맡긴 옷들이 오염된 순간으로 돌아가고 있
었다

　　당신은 황급히 화단으로 나갔었다

　　거센 비가 들이쳐서 모든 걸 망쳤다고

　　여태까지 심은 것들이 다 죽고 말았다고

　　이상하다 밖은 유독 화창했는데

　　눈이 부셔서 당신 쪽을 못 볼 지경이었는데

　　정수리 위로 장난감 팔이 툭 떨어졌고

　　―철쭉.

　　―웅? 아, 맞네. 철쭉.

　　당신은 대답을 생각하고 있던 것이었다 몇십 분 전의 물
음을 머릿속에서 떠나보내지 않고 끝까지 붙든 것이었다

　　내게 답을 주기 위해 꽃의 이름을 알려주기 위해

　　부드러운 곡선 같은 대답을, 긴 침묵을 깨고서

나는 5월의 아름다운 철쭉을 바라보며

몸속에 스민 동시에 몸속을 벗어나려는 당신을 미워했다

서로 나빠지자고요

책임감 없는 상태로 돌아가자고요

바람이 불어도

당신이 알려준 꽃의 이름은 흔들리지 않았다

옷을 맡겼던가 그런 일은 필요했으나

감내하지 않아도 좋았다 경계를 가르는 날씨

한쪽에는 먹구름이 잔뜩 꼈고 한쪽에는 뭉게구름이 넘실대고 있었다

어느 쪽으로 가고 싶어? 당신은 옆에서 걷고 있었는데

당신이 걸음을 멈추고 뒤를 돌아보며 내게 말했다

아무래도 잘못 온 것 같아

돌아가는 게 좋겠어

번식하는 잠

　서울은 관측된 날씨 중 최고의 폭염을 찍었고 여행은
불현듯 시베리안허스키를 떠올린다. 만년설을 밟는 기
분은 어떨까. 고작 얼음덩어리나 되고자 하는 삶에 대해
환멸을 느낄까. 더위를 먹으면 이성을 잃고 만다. 이성적
인 외로움에서 외로움만 남는다. 그렇다고 새로운 사랑
을 찾는 것은 미련한 짓이다. 눈썹을 깎는다. 거울을 보
며 눈썹을 깎는데도 왼쪽과 오른쪽이 다르다. 인간은 원
래 비대칭이라고 숙소는 말했지만 왜 숙소의 말을 들어
야 해. 대칭이 좋은데. 다르고 싶지 않은데. 겨울이 짧아
질까? 여행이 말한다. 그거 다 믿지 마. 지구에는 온도
의 주기가 있는데 지금이 딱 열 오르는 주기래. 그 주기
가 인간이 체감하기엔 너무 넓고 기니까 이상 징후로 보
이는 거야. 이걸 이용해서 장사하는 사람들도 많대. 장소
가 대답한다. 그럼 허스키는? 허스키의 겨울은? 여행이
묻는다. 네 목소리는 전혀 허스키하지 않아. 장소가 대답
한다. 누구나 달리는 훈련을 한 번쯤 한다. 훈련은 하도록
되어 있다. 썰매를 끌어야지. 방향이 정해지는 대로 갔다
오기만 하면 돼. 그렇지. 한여름의 허스키는 혀만 축 늘일
뿐이지. 침이 흥건하게 들러붙고 눈이 풀리지. 땀이 줄줄

흐른다. 노폐물은 꽤 볼만하고 투명하다. 아침 일찍 일어나서 남들처럼 부지런하게 살고 싶었는데 허리가 아파서 또 누워야만 한다. 억울하다. 여행은 강제로 나태해진다. 하루가 순식간이고 감각이 무뎌진다. 여행의 두 눈이 느슨하다. 시간이 스패너를 쥐고 그것들을 조인다. 여행이 되고 싶다는 생각은 많이 했는데. 어떤 여행이 되고 싶다는 생각은 하지 않는 편이 좋았다. 여행, 정말 열심히 사는구나 같은 말을 들을 수 있는, 여행이 되고 싶었다. 부끄럽지 않은 여행. 여행의 몸에 털이 조금 자란다. 한여름에 숨을 거칠게 헐떡이고 있는, 이대로라면 곧 죽을 듯한, 시력을 잃었다고 착각해서 아침 눈뜨자마자 믿기지 않는 듯 눈알을 핥는, 거울 속의 여행이 담장 위에서 내려오지 않는다. 네 맘대로 해. 장소는 떠난다. 장소가 떠나자마자 졸린 눈들이 배꼽 위로 쏟아진다. 풍문과 욕설로. 지나가는 어린 썰매와의 관계들.

무언가를 적는 손

무언가를 적는 손은 회색 연필을 쥐고 있다. 새로 깎은 것임을 가늘고 길쭉한 몸을 보고 알 수가 있다. 무언가를 적는 손이 쏟아지는 햇빛에 고스란히 담긴다. 손에 닿은 햇빛은 여러 갈래로 나뉜다. 손에게 밝음을 나누어준다. 흰 벽에 무언가를 적는 손의 실체가 달라붙는다. 어둡진 않고 단지 검음뿐이라서 창문을 열고 닫는 일에 온 정신이 쏠리게 된다.

반복적인 행위를 계속하다 보면 의미가 생기고 질서가 형성되는가. 리듬은 끊어진다. 리듬이 생기는 그 순간부터. 악기의 소리들이 쌓이고 노래를 부르기 시작하는 순간부터. 여기는 시간을 미워하는 곳이다. 단 한 번도 시간에서 벗어나보지 못한 사람들이 모이는 곳이다. 모두 바보인 셈이다.

유리로 된 책을 읽는다. 글자들이 유리 위를 떠돈다. 물을 쏟자 흐릿하게 번져간다. 책을 놓치자 사방으로 깨진다. 누군가는 그것을 밟고 발바닥으로 피를 흘리며 문장을 쓴다. 그 말들엔 국적이 없다. 수신자가 없다. 또 누군가는 흥미를 잃어서 창문을 열고 닫다가 열어 바깥으로 뛰어내린다.

손 좀 줄래요? 하는 사람을 피한다. 꿍꿍이가 있다. 여기는 오로지 손으로 무언가를 적어야 하는 곳. 바닥으로 떨어진 사람의 마지막 자세 따위를 궁금해하지 않고 연필을 쥘 수 있다. 하지만 어디서부터, 무엇을, 시작할 것인가.

그간 적었던 일들을 지우개로 지우고 창밖으로 던진다. 전시장에 들어서자 일제히 암전된다.

그 앞에서 무언가를 적는 손.
지치지도 않고. 검은 유리 위에.

꽃꽂이

어쩌면 며칠
생활을 잠시 두고 온 것뿐인데

오늘은 새벽에 눈을 떴습니다
날이 벌써 밝아지고 있어서 수평선이 보일 것 같아서

숲을 걷다 노래를 부르고 생선구이를 먹다 혼자라는
단어에 가시가 박혔길래
그냥 살다 보면 다 넘어가겠지 싶었는데
그런 결론은 너무 무책임했는데 책임지는 건 또 왜 이
리 싫은지

보기만 해도 좋을 이 삶을 누가 꺾어 갔으면 하는 바
람에
모르는 사람에게 말도 걸어보았습니다

갑판 위에 올려놓은 말린 오징어들
뜯은 빵 부스러기들
나날들

모두 당신 것이지요

눈빛을 부러뜨리고 도망쳤습니다
구두를 벗으니
살갗이 까진 뒤꿈치

바다는 혼잣말을 하지요

계절을 실재하는 것으로 증명하기 위해
비와 눈이 내리고
나무는 열매와 잎을 맺고 열매와 잎을 떨구고
바닥은 낙엽을 치우고 발자국을 새기고 두들겨 맞은
사람이 쉴 수 있도록 몸을 내어주고
　사람과 만나고 사람과 헤어지고 사람과 죽는 일
　다음 세대 다음 세기가 있어야만
　우리는 비로소 지난 일이 될 수 있다

　파도가 부지런히 몰고 온 물의 가능성에

발끝을 적실 뿐이지요

그렇다면
가능하지 않은 물이 되고 싶습니다

무효한 석양 아래서
그림자의 발목만 두고 옵니다

취하고 싶습니다 이거 너무 약합니다
강한, 더 강한 사건을 주세요
몸서리칠 정도로 끔찍한

요구한 대로 조명이 어두워지니
이제야 모든 창문을 벽으로 볼 줄 압니다

쓰린 속을 부여잡고 아무 팔을 붙잡고
차가운 가로등에 기대 오물을 뒤집어써도
발견되지 않을 만합니다

당신 없이도 지내볼 만합니다

나날이 죽어가고 있는데
계속 주어지는 생활
생활을 버리자 또 다른 생활이
침대를 흔들자 삐걱거리는 소리

헤아리는 뜻은 안감
다정한 목소리는 겉감
입어보니
불편하기 짝이 없습니다

무릎까지 오지도 않는 생일
이런 걸 누가 입니

검은 풀밭에 엎드려 자신의 상처를 핥는 길고양이는
태어나자마자 가족을 잃었을 듯합니다

일종의 자가수분인 셈입니다

양동이에 물을 받아주고 싶습니다

스스로 흩뿌리는 꽃가루

거기에 몰려드는 각기 다른 유서 조각들을 이어 붙이면
무슨 모양일지 궁금합니다

그래도 언젠가 세상에 내놓을 푸넘조차 없어
몸이 바싹 마르더라도
우리를 예쁘게 묶어주세요
아무렇게나 의미하세요

너무합니다

단 하루
잘 자라고 싶었을 뿐인데

아포스트로피

가장 강조되지 못한 얼굴로 문을 열었고

해가 쨍쨍히 내리쬐는 공원 옆
풀밭에서
아이가 눈을 지그시 감고 누워 있다

분수가 요란한 음악 소리를 내며 물을 뿜고
반짝이는 바닥을 뛰어 노는 아이들과
커피를 마시며 담소를 나누는 어른들

여기에 사람이 이렇게나 많은데
이 아이를 아무도 발견하지 못했다는 건가

따귀를 맞은 듯한 오른쪽 뺨이
홍조를 띠고 있는 왼쪽 뺨과 쉽게 구분되지 않고
옷을 살짝 들추어보니
그동안 쌓인 발자국들이 옆구리를 짓누르고 있었다

상한 얼굴을 쳐다보고 있으면

닫힌 눈꺼풀 너머에 있는 눈이 필사적으로 어둠을 노려보고 있을 느낌

그렇게 해서라도 보고 싶은 무언가가 남아 있을 거란 예감

전화가 터지지 않아 소리 지른다
아이가 쓰러져 있어요 분명 호흡은 하고 있는데
많이 위독해 보여요 데려가야 해요
하지만 정작 이 공원이 어딘지 어떻게 조성되어 있는지
주변에 병원이 있기나 한 건지 모르다니

나무가 살랑살랑 흔들리고 꽃들은 거의 다 피었는데

풀밭에 깔린 순백의 날개들이 저마다 찢기고 부서지고
눅눅하고 따갑고 차갑고 냄새나고 하는 건 대체 다 뭔지

아이의 얼굴이 점점 낯익어가고

풀이 순식간에 시든다

하늘이 창백한 입술처럼 갈라지고
겨울을 암시하고 있지만

아직 오지도 않은 겨울인데 폭설이 쏟아지고 있어서
날개들이 하얀 눈 아래 파묻힌다

이름이라도 알았으면
발음해보았을 텐데
데려다주고 쿠키와 우유를 주었을 텐데

영하의 추위 속에서 아이가 숨을 내쉬어도
공중에 그려지지 않는 입김

날개가 왜 버려져 있지, 묻는 대신
날개를 누구에게 주면 되지, 묻고 싶었다

계절을 종종 잃은 풍경처럼

아직 있다

극세사

"골프입니다"하면서 전단지를 내미는 할머니들
아직 비가 내리는 줄 알고 우산을 쓰며 걷는 사람들

"비 안 와요. 우산 더 안 써도 돼요"하면서 전단지를
계속 내밀고
누굴 기다리느라 옆에서 10분 넘도록 책을 읽는 사내
에게는 전단지를 내밀지 않는다

우산을 접으며
우산을 펴며
끊임없이 발소리를 내는 사람들

더 안 해도 되는 일들이 거리에는 많다

역사 미화원은 출구 앞에 파란 우산털이통 하나를 놓
으며
"아이고, 사람들이 많아도 많아도 너무 많다. 정신없어
죽겠다. 미치겠다"하면서 계단을 오르는데
지하철에서 방금 내렸는지 수많은 인파가 한꺼번에 계

단을 내려온다

사람이 사람을 지나친다고 해서
시간이 교차하는 것은 아니다

누군가를 기다리기 위해 들고 있는 시집을
가끔씩 툭툭 건드리는 어깨들이 있다고 해서
기다리는 사람이 곧장 나타나는 것도 아니다

다만 모르는 얼굴이 또 하나 늘어나고
어디까지 읽었는지 잠시 까먹을 뿐이다

망원역에는 출구가 두 군데밖에 없고
출구끼리 서로 마주 보고 있으므로
여기로 나오면 저기를 바라보게 되고
여기로 나왔기에 저기를 잃어버리게 된다

상점마다 비추는 빛들이 물기 가득한 자리로 한데 모
인다

저 빛을 밟으면 순간 모든 길들이 환해질 것만 같은데

스친 옷자락 사이로 잠깐 먼지가 붕 떠오르다가
접은 우산에서 떨어진 물방울과 펼친 우산에서 떨어진
물방울이 모인 자리를 향해
천천히 가라앉고 있다

그리고 잠깐 다른 곳을 보고 있던 사이에
사내가 어디론가 가고 없다

시집을 덮고 반가운 얼굴로 기다렸던 사람을 만난
사내의 모습을 그려볼 수도 있겠지만
그 순간을 놓친 자에게 영원이란 행방불명일 것

손에 쥔 전단지를 다 돌린 할머니들이
검은 봉지 속에서 잡히는 대로 한 묶음을 새로 꺼낸다

어쩌면 이번 겨울은 좀더 따뜻하게 보낼 수 있을지도
눈빛들이 얽히는 파장 속에서

기워볼 만한 순간들은 다 기워봐야지

젖은 풍경은
햇볕에 잘 말리기.

컵이 서로 붙으면

나가기 싫었지만 억지로 끌려 나와 수목원을 한 바퀴
돌았고
금붕어들이 다채로운 흐름으로 유영하는 것을 보다가
땅에서 사는 기분을 실감했다
물속에서만 살 수 있다는 건 너무 막막해

걷기 싫어도 걸어야 하는 길이었고
앞이 무섭다고, 목마를 태워주는 아버지에게 너무 높
다고
자신을 내려달라고 하는 아이
언덕질수록 내려가는 발목에 힘이 더욱 드는 것

마음에 드는 풍경을 배경 삼아
사진이라도 찍고 들어가려고 하는데
촬영 버튼을 누를 때마다 프레임 안에 턱턱 걸리는 옆
모습들
오롯이 혼자이고 싶은데, 온전한 인물 사진은 포기했고

배고프지 않지만 대화마저 끊을 수는 없어서

요리라도 해주기로 했다
와인을 곁들인 저녁 식사를 기대했겠지만
식은 밥으로 만든 볶음밥만을
입안으로 욱여넣는

왜 밥을 다 먹고 물을 꼭 마시는 걸까
끝을 낸 뒤에 투명한 유리컵에 담긴 물을 마시면
많은 일들을 넘길 수 있는 걸까

말없이 밥을 먹고 말없이 설거지를 하고 있었다
빈 그릇들부터 닦으려다 공간이 부족해
두 개의 유리컵을 위아래로 포개두었다

이제 이것만 닦으면 되는데, 안 빠진다
아무리 세게 쥐고 돌려보아도
두 컵이 서로 붙어 떨어지질 않았다
이거 왜 안 떨어지냐고 물으니
이런 일엔 꼭 이유가 궁금하지, 대답한다

마찬가지야, 잘 모르겠지만
두 컵의 틈에 끼인 물이
서로를 꼭 붙들지 않겠느냐고

그 말이 맞을지도 모르겠지만
떼어낼 수 있는 방법을 찾고 싶었다
하지만 머릿속에 떠오르는 방법은
붙어 있는 두 컵을 감싸 쥐고
지금 서 있는 이 바닥에 내던지는 방법뿐이었다

이어져야 할 침묵은 계속 이어졌고
문득 동시에 입을 열면
서로 먼저 말하라고 하고는 다시 입을 닫았다

헛것을 보는

왜 하필 여기서 서성거리는지
뺨과 뒷목에 닿을 때마다 간지러워 죽겠는데
허공을 향해 냅다 손뼉을 치면
아무것도 없어요, 그만 호들갑 떨어요
진심이에요?
방금도 귓속을 파고들었다가 나왔다고요
한쪽 귀를 소매로 막고선 읽던 책에 집중한다
문장들이 따로 놀기 시작한다
글자의 색이 옅어졌다가
속을 알 수 없는 눈동자에게로 빨려 들어간다
그 눈동자를 읽을 수는 없다
여름이 한쪽으로만 들리고 한쪽으로 기울고
완연한 모습으로 길 위에 서 있으면
이게 저예요, 비로소 말할 수 있을까
꽃다발을 들고서 기다릴 수 있을까
진심을 구체적인 장면으로 표현할 수 있을까
그러나 장면과 언어 사이는 너무 멀고
친절한 설명은 쉽게 부서지고 만다
포크에 닿은 파운드케이크처럼

레몬 향을 머금고

정체가 없는 것의 기분을 따라가는 오후

곧 등 돌릴 빛

뿌리쳐도 손쉽게 스며드는 온도

윙윙거린다고요

피를 빨아 먹었다고요

아무리 소리쳐도

요즘 많이 피곤했나 보다, 창밖도 좀 보고 노래를 들어봐

닫았던 한쪽 귀를 열면

누워 있던 캐럴이 다시 일어서고

창밖에는 도시가 한겨울에 내리는 함박눈을 맞고 있다

앙상한 나뭇가지를 보고는 잎의 색깔이 노랗게 번지고

있어

가을이야, 정말 가을이야

이번에는 혼자 감당해야 할 문제라고

중얼거린다

다른 자리를 서성거릴 수도 있었는데

왜 하필 여기여야만 했냐고

울면서 원망하면 시간이 벌벌 떤 채 뒷걸음질 치고

시간의 팔에 돋은 부드러운 털이 벽에 닿으면
벽이 간지럽다고 미친 듯이 웃는다
손을 펴자 손바닥에 있는
수많은 시체들이 강을 건너고 있다

모노레일

풍경이 우리를 가두었다.

나아갈 수 있는 길은 하나밖에 없다. 한번 살기로 했으면.

무심코 멈춰버릴 수도 비탈이나 수풀 쪽으로 이탈할 수도 없다.

가족과 친구와 연인이 앉아 있다.

자리가 부족해 가족 중 큰아들은 서 있고 친구는 다리를 꼰다.

연인은 유리창 밖으로 나가 사진을 찍는다.

우리가 보이는 사람은 아직 아무도 없다. 언제까지 숨을 수 있을까.

우리는 가족이나 친구나 연인에 속해 있지 않다.

처음 계단을 오르기 전으로 돌아갈 수 없다.

표를 사기 전으로 돌아갈 수 없다.

먹구름이 드리우기 전으로 돌아갈 수 없다.

순환하려면 20분이 필요하다.

중도에 내릴 수도 있었다.

가족과 친구와 연인이 정상 부근에서 내린다.

지금부터 걸을 생각인 것이다. 우리는 또 갇힌다.

야생의 초원으로 질주하지 못한다.

우리는 빛의 속도로 사라지거나 과거로 돌아갈 수 없어서.

우리는 목격되지 않았는데 안내받고 있다.

곧 내릴 지점에 도착하게 됩니다. 잠시 덜컹거릴 수도 있으니 놀라지 마세요.

어쩌면 좋지? 시작이었는데 끝이라니. 우리는 갇힌 풍경을 목도하며 정직하게 앞날의 투명성을 흘려보냈다.

우리를 보거든 가까운 경찰서에 신고를.

수양버들

팔들을 나누어 가지려고 해
공중에서 힘없이 털썩 내려앉는 팔을,
유언을 전하려고 눈꺼풀을 떨면서
입을 떼는 순간 툭 떨어지는 팔을,
허리가 거의 다 굽은 할머니가 아픈 무릎을 펴며
검은 봉지에 방울토마토를 한 움큼 덤으로 주는 팔을,
등 뒤에서 일어나는 사건을 대신 받아주고 막아주는
팔을,
아무리 노력해도 눈물이 나오지 않는 모습이 더욱 비
참해져서
가슴을 두드리는 팔을,
흐르지 않은 눈물방울을 그리며 물기를 느끼고 갈라지
는 두 뺨을 닦는 팔을,
죽은 작곡가가 쓴 곡을 연주하기 위해 꺾는 최초의 각
도를 사랑하는 팔을,
박수하는 팔을,
인사하는 팔을,

결혼해요 결실을 맺어요

서로에게 반지를 끼워주기 위해 약간 비틀어지는 몸 기울어지는 고개
　　닮은 각도가 교차되는 순간의 팔을,
　　창가에 기대 바깥을 바라봐야만 할 때 턱을 괴는 팔을,
　　물 한 잔을 더 따라주는 팔을,
　　약속하는 팔을,
　　찾아주는 팔을,
　　보여주는 팔을,

　　바람에 맡겨보려고 해 그냥 편안히 흔들려보기로 해

　　팔들을 나누어 가지면 더 붉은 뺨을 어루만질 수 있나요
　　떠도는 팔들을 한데 그러모으면 더 많은 영혼을 돌이킬 수 있나요
　　공중에 모인 팔들이 만든 그늘이 땅에 엎드리다가 기어다니기도 하면서
　　오늘만큼은 그늘이 필요한 사람 사랑하는 대상의 크기만큼 얼굴이 조각난 사람

금빛 언덕이 이완되도록 심호흡해야 하고

뾰족한 공기 속에서 터지지 않는 피부를 배워야 하는

사람

팔들이 모여 스스럼없이 사람을 껴안으니

사람이 비로소 흐느끼네 나무가 되려 하네

없는 팔을 더는 그리워하지 않네

없는 만큼 바람을 뿌리로 가지로 뻗을 수 있으니

잠시 쉬고 싶은 자리에 누워

팔들을 나누어 가지려고 해

팔을 뻗으니 새로운 팔이 돋아나 다가오려 해

가까이는 가겠으나 붙잡진 않으려고 해

단추를 잠궈주는 팔을,

휘몰아치는 태풍 속에서도 억센 팔을,

버들잎 아래 차례로 누워

춘수春愁

낮잠을 자고 일어나 기지개를 켜기 위해 거실로 나왔다. 거울 속으로 들어가려는 내가 보였다. 머리가 지끈거렸다. 깍지를 끼고 두 팔을 높이 뻗었다. 아무것도 닿지 않았다. 개미가 바닥에 고인 햇볕을 유유히 걸어가고 있었다. 손바닥으로 지그시 눌렀다 뗀 자리에는 더 이상 아무것도 보이지 않았다. 운명을 의미하는 손금 위에 개미의 몸이 납작하게 눌려 있었다. 개미의 이목구비까진 보이지 않았지만. 개미의 얼굴을 눈으로 직접 본 적 없지만. 창밖으로부터 시작되는 봄을 보고 있었을 거다. 목련이 구더기처럼 피어 있었다. 시간이 흐르면 벚꽃이 활짝 핀 나무가 종종 가지를 늘어뜨려 창을 두드리는 밤도 올 거다. 나는 그 소리를 듣고 손등으로 눈물을 훔치며 또 다시 기지개를 켜러 나오겠지. 거실은 아직 차가운 공기에 휩싸여 있고 거울 속은 깜깜하겠지. 들어가고 싶어서 깨버리고 싶은 계절도 있겠지. 꽃망울이 맺혀 있는 걸 보곤 누군가의 눈물을 모아 매달아둔 것 같다고 말한 사람에게도 봄이 왔을까. 봄이 오고 있었다. 밝아오는 곳을 향해 걷던 개미와 휴지통에 버려진 개미가 동시에 살아 있는 봄이. 신음 가득한 봄이. 몸이 찌뿌둥했다. 몸이 자꾸 풀

리지가 않았다. 창틀에 쌓인 먼지나 닦아야겠다. 다 쓴 부
탄가스와 염색약은 잠시 옆으로 치우고. 거울이 금이 난
명치를 부여잡고 내게 오고 있었다.

오지 말아요
— 꿈 속이기

　얇은 창호지 문 너머로 한 사람의 실루엣이 걸어오는 것을 발견하자 더 이상은 안 되겠다, 도망칠 곳이 없다, 목숨을 부지하는 것도 여기까지다, 생각하고 자포자기 심정으로 문을 열었다. 첫사랑이었다. 어떻게 이 세계를, 지겹도록 미로가 반복되는 이 세계를 어찌 왔느냐고 물어왔지만 달리 대답할 무엇은 없었다. 단지 바깥에는 총을 든 사람이 너무 많았고 오늘만 벌써 옆에서 총을 꺼내는 자들을 세 명 넘게 봤다고 지금껏 살아 있는 게 용할 지경이라고 탈곡된 볏짚 더미처럼 숨을 꺾으며 말했다. 첫사랑에게 그동안 어떻게 지냈느냐고 묻자 첫사랑의 눈동자에 눈물이 고이기 시작했다. 하염없이 떨어지는 눈물방울이 뺨을 타고 흐르는 것을 보아야만 했다. 바닥에 떨어지기 전에 손등으로 눈물을 훔쳐주었다. 첫사랑과 키스했다. 이번에는 절대 놓치지 말자, 멀리 돌아갈 필요 없는 사랑을 하자, 다짐하며 다만 첫사랑은 허리를 꼭 감쌌다. 그러자 어디서 언제부터 와 있었는지 주변에 친구들이 우르르 몰려들었고 "파티를 하자! 우리의 첫사랑을 위해!" 다 같이 외치며 첫사랑을 연회장으로 끌고 갔다. 특이했다. 건물이 어떻게 이따위로 생길 수가 있지?"

샴페인을 따르며 폭죽을 터뜨리며 음악을 듣고 춤을 추며 생각했다. 첫사랑이 보고 싶었다. 오직 첫사랑만이 필요했다. 창 가까이 앉아 있던 첫사랑은 말했다. 내일 떠나요, 기꺼이. 속삭이는 목소리로 한 번 더 기꺼이, 첫사랑은 말했다. 금방 따라가겠다고 대답했다. 첫사랑은 웃으며 잔을 내밀었다. 그때 총소리가 팡, 하고 울렸다. 연회장 분위기는 아수라장이 됐다. 사람들은 소릴 지르며 빠르게 자리를 빠져나가고 있었다. 첫사랑을 데리고 여길 나가겠다고 손을 뻗었는데 옆에 아무도 없었다. 시커먼 연기가 어느새 연회장을 뒤덮고 있었다. 연기에 닿자 음식들은 폭삭 가라앉았고 어느 바닥 타일 틈으로는 눅진한 피가 빠른 속도로 흐르고 있었고. 총소리가 한 번 더, 한 번 더, 한 번 더. 다음 총소리는 아주 가까웠는데. 거의 옆에 왔다고 봐도 무방할 정도였는데.

불을 켜놓은 채 자고 있다는 인식이 머릿속에서 깨어났다. 양치도 하지 않고 기절한 상태여서 찝찝한 기운이 잇몸 구석구석에 묻어 있었다. 지금 깨면 첫사랑을 세계에 가두고 오는 셈인데. 지금 깨면 다시는 돌아가지 못할, 돌아갈 자신이 없는 세계인데. 첫사랑이, 오, 이 세계의 첫사랑이……

* 마치 거대한 한옥들이 위로 겹겹이 쌓인 듯한 구조물이다. 총 17층,
여기는 꼭대기. 층마다 바닥이 움푹 꺼지는 곡선 모양을 하고 있다. 그
러나 희한하게도 사람들은 미끄러지지 않고 잘 걷는다. 양 끝이 있어
이편과 저편으로 나눌 수 있다. 몸을 숨기고 있던 곳은 창고, 저편은 발
코니다. 그런데 연회장은 대체 어디……?

히치하이커

그때 내 뒤에서 솜뭉치가 날아왔다
솜뭉치는 앞에서 여러 솜들로 흩어졌다

가여워, 모여 있는 사람들은

마지막으로 낸 목소리를 녹음했다

거리를 딛는 발은 차가웠다
언제나 너를 짓누르는 것은 배낭이나 중력이 아니었다

손을 맞잡으면 우리는
점등될 세계를 기다렸다

너는 너의 꿈에서 넘어진 나를 일으켰다
함께 가야 할 곳이 있다고 했다

손을 들었다
계속 흔들었다

우린 아무 사이도 아니다

  가끔 난처한 상황이 온다. 우리가 아무 사이도 아니라는 것. 서로 밥은 먹었는지, 잠은 잘 잤는지, 출근했는지 묻지만. 물을 수 없는 질문들이 떠오를 때. 그래, 우린 아무 사이도 아니었지, 하고 낙담하는 법을 배운다. 여기까지만. 더 이상은 안 돼. 책을 덮는다.

  길을 걷다가 보이는 가을 나무와 구름이 예뻐서 사진을 찍고 당신에게 보낸다. 무척 아름답지요. 지금 당장 만나러 가고 싶어요. 이런 말은 하기 힘들다. 부담을 주게될 것이다. 당신은 누구와 함께 있으니 이따 연락하겠다고 한다. 나는 알겠다고 한 뒤 누구의 얼굴을 생각한다. 아무리 떠올리려 해도 떠올릴 수 없는 불가능한 얼굴과함께 당신은 있다. 나는 방금 찍은 풍경을 다른 각도로바라본다. 다른 풍경이다.

  무지개를 잡는 감촉이 궁금하다. 미끄러울 것 같다. 풀벌레 울음소리가 들린다. 열무를 손질하다 눈동자를 베면 어떡하지? 일찍이 가족은 떠났다. 탄생이 곧 고아의시작이다. 적당히 무른 칼을 좋아한다. 연락이 없다.

당신은 즐거운 시간을 보내고 있다. 내가 없는 곳. 내가 있으면 즐거움은 성립되지 않는다. 다정하게 이름을 부르고 상냥한 말투로 대한다. 밥을 짓는다. 금세 김이 모락모락 피어오른다. 뜸을 들여야 한다. 이 저녁은 초라하다.

그제야 잠이 든다. 꿈속에서라도 만날 수 있길 바라며. 자고 일어나면 아침이 후련하기를. 약간 고마운 당신에게. 홍차와 스콘을 건넵니다. 여기까지만. 더 나아가는 것은 위험해. 지금까지 어디서 누구와 무얼 했느냐고 물을 수 없다. 내가 얼마나 당신을 걱정했는지 아냐고 물을 수 없다.

가로등이 경련을 일으키듯 점멸한다. 과연 꺼질까, 터질까. 그 아래서 깜빡이는 당신. 칼집이 난 눈동자를 치켜뜨며 뭐라 말하고 있다. 들리지 않아야 한다.

2부

만약 이루어졌을 세계였어도

조금만 더 빨리 달렸으면 지하철을 탈 수 있었을 텐데, 보폭을 잘 디뎠더라면 돌에 걸려 넘어지는 일은 없었을 텐데, 창문을 닫았더라면 잠깐 사이에 들이쳤던 빗줄기를 막을 수 있었을 텐데, 그래서 생각난 건 아닌데, 옆으로 살짝 더 칼을 눕혔더라면, 책장을 넘기지 않았더라면 손가락이 허무하게 베여 얇은 피를 뚝뚝 흘리지 않아도 되었을 텐데, 팔을 좀더 길게 뻗었더라면 유리잔이 깨지지 않았을 텐데, 못 만난 게 아닌데, 15분만 더 일찍 일어났으면 떠오르는 해의 따스한 온기를 같이 나눌 수 있었을 텐데, 몸속으로 스며드는 것이 우리가 놓쳐버린 안온한 사랑이란 걸 알 수 있었을 텐데, 이제라도 답장을 쓰고 있는 건 아닌데, 그날 편지를 읽지 말았어야 했는데, 네가 떠나려고 챙긴 카메라를 빼앗는 상상을 해봤고, 모든 상상은 현실에서 부질없다는 걸 느끼고 말았어, 우리가 있던 세계란 없고, 우리가 없는 세계는 잘 돌아간다, 어쩌면 우린 만났을 텐데, 정말 그랬을까, 만나서 뭘 어쩔 건데, 그냥, 아무도 없는 새벽, 강변을 좀 걷다가, 벤치에 앉아, 너의 맥주 캔을 따주고 내 것도 딴 다음, 나란히 앉아, 우리가 흔들린 사진처럼 번져가는 모습이라도 보고

싶을 뿐이었는데, 알고 보니 나는 눈물이 없는 사람이 아
니라 남들에게 눈물을 보이고 싶지 않은 사람이었어, 구
슬치기라도 할까, 각자의 구슬 속에 반죽처럼 뒤섞여 있
는 세계가 제멋대로 구를 텐데, 튕겨져 나간 구슬이 그늘
위에 멈추고, 오늘은 빛이 가득하구나, 숨을 크게 쉬어보
아도 될 텐데, 이 모든 불안과 환희를 다짐하고, 우리가
우리로서 걸어나가도 좋았을 텐데, 창밖엔 예고되지 않
은 눈이 내려서, 밤은 뜨개질이 풀린 자리에 새로운 수를
놓는다, 국화차를 우린다, 익숙한 향기가 맴도는 이유를
들려줄 수 있을 텐데, 차를 마시다가 편지에 물방울들이
후드득 떨어진다, 너라면 이 번진 글자들을 읽을 수 있을
텐데,

나는

가을에 아름다운 학교에는 넓은 교정이 있고
조금 흠집이 난 나무 의자에 미대생이 앉아 담배를 피
우고
도서관 창문에 구름이 가득해서 통유리에 비치는 이
젤은
순간적으로 다리를 부러뜨려 그림을 잊는다

한낮에 무언가를 망쳤다는 생각이 아직 푸릇한
잎사귀들을 꺾어야지 꺾어서
다시는 생명이 돋을 수 없도록
농구대를 망가뜨려야지 그물망을 찢어서
공이 들어갔다는 느낌이 전혀 들지 않도록

나는 미대생에게서 몇 걸음 떨어져 앉는다
관점에 따라 나란히 앉았다고 볼 수도 있다
아는 사이는 아니지만 그렇다고 모르는 사이도 아닌
것이
우리에겐 지정석이 있었다 암묵적으로 합의한

저 녀석은 수업을 듣긴 하는 걸까?
밖에서만 온갖 고민을 다 풀어놓고
왜 강의실에 들어가는 꼴을 못 보는 건지
우리 학교 학생이 아니라면 진짜 어이없고 웃기겠다고
나는 내가 쓴 시를 찢고 휴지통에 버린다

문제는 간단하다 어느 날,
강의실에 하염없이 앉아 있던 나를 일으킨 사람은 4학
년 선배였다
우연히 네가 쓴 시를 읽었다고 다 좋은데 너는
'나는'을 참 많이 쓴다고
어떻게 문장마다 '나는'으로 시작하냐고
그것은 심각한 자의식과잉이니까
얼른 기존 습관을 버리고 새로운 주어를 사용하는 습
관을 들이라고
'나는'이 많이 나오면 시가 사변적으로 변한다고
조언인지 화풀이인지 모를 말만 다 하고 나가버렸다
다행히 그해 선배는 좋은 지면으로 데뷔했다
모두가 축하해주었다

진심이 아닌 축하도 거기 섞여 있었다

나는 일부러 문장 속에 나를 지우면서 감정을 의도적
으로 숨긴다
수업 때 그걸 들키고 말았고
화가 나고 슬프다
나도 모르게 내가 사라져야 함을 신경 쓰고 있다
그게 과연 시일까
시가 설마 내게 할 수 있는 짓일까
미대생은 다리를 꼬고 팔짱을 낀 채 눈을 감고

반성 노트를 펼치고 쓴다
"나는 오늘 죄를 지었습니다.
바로 시에 나를 썼기 때문인데요.
맞습니다. 나를 쓰는 건 너무 쉽기 때문입니다.
내가 이 세상에서 한 모든 짓들을 기록하기란
얼마나 쉬운 일인지요. 정말이지 아무나 할 수 있습니
다. 일기보다 쉽습니다.
시에 '나는'으로 시작하는 문장을 써보세요.

심상이 저절로 펼쳐지는 것은 물론이고

신박한 표현을 쥐어짤 필요도 없습니다.

그러나 솔직함은 합평 시간 때 미덕이 아니라 몰매를
부릅니다.

죄송합니다."

반성하지 않는 노트를 펼치고 쓴다

"나는 접근 금지 구역 앞에 멈췄다.

나는 그것을 푯말이라고 받아들이자 지켜야 하는 것으
로 이해했다.

나는 푯말이 아니므로 지켜야 할 것은 아니지만

그렇다고 지키지 않으면 조금 서운한 것이다.

나는 서운하다. 나는 민망하다. 나는 소심하다.

나는 '나는'으로 시작하는 다른 문장을 쓴다.

귀를 기울여보라, 나는 메아리다.

나는 바람을 타고 날아간다. 날개는 없지만 하늘이 허
락하는 것 같다.

나는 내가 어디까지 날아가는지 알 수 없다.

그냥 몸이 붕 떠오를 때부터 날아감이 지속되는 상태

가 된다.

　　그렇게 멀리멀리 두둥실 바람을 타고

　　메아리 운다 울어."

　　슈레버는 아직 살아 있는 단 한 명의 진짜 사람*

　　여기는 신도 없고 망상도 없어요

　　언젠가 당신이 원하는 세상이 마련된다면

　　그때 나도 죽은 주체로서

　　미래에서 만나요

　　나는 틀렸다 나는 강의실로 돌아가지 않는다

　　대신 미대생이 들어가라

　　정말 우리 학교 다니는 거 맞지?

　　나는 머지않아 가을에 아름다운 교정의 분위기를 해치
는 시인이 되려나

　　도서관에 들어가 한 시인의 시집을 몽땅 빌리거나

　　'나는'을 단 한 번도 쓰지 않은 시집 찾기를 시도하거나

　　교문 앞 분식집에서 다 먹은 꼬치를 품에 담아 오거나

그러면 장면이 될 수 있나
나로 시작하는 글쓰기도 지루하지 않게 해나갈 수 있나

나는 가을이어서 아름답다
조금 흠집이 난 나는 내 무릎 위에 미대생을 앉힌다
장면이 좋지 않느냐고 묻자 미대생은 조용히 불을 붙이고
경치가 아름답다고 말한다
실망한 나는 낙제된다

실바람만 부는데
다음 계절을 어찌 부를 것인가

* 지그문트 프로이트, 「편집증 환자 슈레버—자서전적 기록에 의한 정신분석」, 『늑대 인간』(프로이트 전집 9), 김명희 옮김, 열린책들, 2020.

반감

아무래도 시작은 그날 봄이다.

엎드려 자고 있던 나를 흔들어 깨운 두 여학생은
이미 뚜껑을 딴 캔 하나를 불쑥 들이밀더니
제발 한 번만 마셔달라고 한다.

이것은 절대 마셔서는 안 되는 것임을,
목구멍 뒤로 꿀꺽 삼켜서는 안 되는 것임을 눈치챘지만

입안에 머금은 채 화장실로 걸어가다가 뒤돌아보니
그들은 나를 천진한 모습으로 바라본다.

역시 탄산음료가 아니다.
이 맛은 마치
지구를 살아가는 모든 생물이 싼 오줌을 모은 것 같다.

귀에서도 손톱에서도 배꼽에서도 눈에서도
정체불명 액체의 맛이 느껴진다.

자목련이 아름답다.

*

어느 저녁, 나는 학원에서 집으로 돌아가던 친구를 붙
잡고 쌍욕을 날리며
  지금 당장 이 골목에서 맞짱을 뜨자고 말한다.
  친구는 나를 무시하며 자리를 피한다.

  나를 둘러싼 무리는 각자 입에 담배를 물고 있다.
  불을 붙이려고 고개를 꺾는데 어색하기 짝이 없다.

  캔을 잘못 밟아서
  선잠이 든 길고양이의 꼬리 쪽으로 튕겨져 나가고
  예쁘게 구겨지지도 못한다.

  복숭아뼈를 타고 흐르는 콜라 한 방울.

*

제빙기가 만든 얼음들을 꺼내다
각 얼음 하나를 떨어뜨린다.
발에 차여 보이지 않는 구석 깊숙이 박힌다.
알아서 잘 녹아 흐르다 말라 없어지겠지.
물기만으로는 그것의 삶을 대변할 수 없다.

손님이 딸기케이크를 꺼내달라고 했는데
실수로 유리에 생크림이 부딪혀
겉면이 움푹 파이고 딸기가 떨어지자마자 상한다.

사장님, 죄송하지만 이 위에 새로운 생크림을 얹어주
시겠어요?

블라인드를 깜빡하고 내리고 있지 않은 오후
햇볕 속에 놓여 있는 단팥빵들, 슈크림빵들, 샌드위치들.

＊

    빌라 단지에서 맞짱 뜨는 두 친구를 둘러싸고 킥킥거
리며 동영상을 찍고
    찍은 동영상을 다른 친구들끼리 돌려 보는 분위기,
    나는 배급되는 우유에 몰래 제티를 타 먹는다.

    나는 골대를 철봉 삼아 매달렸다가
    비현실적으로 맑고 푸른 하늘에 정신이 팔린다.
    허공에 떠 있는 발 아래로 느리게 공이 지나간다.

＊

    어질러진 방을 제때 치우지 않으면
    나중에 치워야지, 정말 나중에 다 치워야지
    같은 다짐만 반복하다가
    방은 아무것도 틈입할 수 없는 세계의 마음이 되어 나
를 내쫓는다.

*

화장실은 담배 냄새로 자욱하다.

내 친구 얼굴을 향해 담배 연기를 내뿜는 애를 노려보
다가

눈을 내리깐다.

*

새로 산 텀블러에는 연마제가 가득해서

그것을 충분히 제거한 후 사용해야 한다.

맛있는 음료를 담기 위해

나쁜 물질을 지워 좋은 물질만 남겨야 한다고.

*

꿈이야말로 가장 벗겨지기 쉬운 피부.

성직자가 될 수도, 상담사가 될 수도, 선생님이 될 수도 있었다.

　종교의 규율을, 공감을 의도하는 언어를, 가르칠 수 없
는 것까지 가르치려는 어리석음을

　참을 수 없었기 때문인가. 산 자와 죽은 자의 세계

　살아갈 자와 살아가지 않을 자의 세계 사이에 국경처
럼 서 있고 싶은

　중재자의 역할을 자처한 탓인가.

　꿈이야말로 가장 사치스러운 장식품.

　그때 내 친구는 맥주를 마시다 별안간 밖으로 나와 담
배 피우면서 울었잖아.

　피아노 치고 싶었는데. 진짜 음악 해보고 싶었는데.

*

　풍경을 구성하려고 모이는 수많은 맥거핀과 스포일러.

　그다음 가방 안에는 항상 마지막으로 꼭 챙긴

　쌍절곤 두 개.

*

이제 그런 날들에 대부분 관심 없지만

가끔 자해하는 장마가 뿜어내는 습기가

방을 온종일 돌아다닐 때

꿉꿉하게 피어오르는 곰팡내

휴지통을 향해 던진 종이가 테두리를 맞고 튕겨져 나온다.

항성처럼 버려진 것 같아. 주변에 별들이 없어.

떠돌 데 없어.

*

나를 살아가게 하려면, 진실된 사랑 하나면 된다.

그것 하나만 있으면 나는 무엇이든 다 하고,

이 세계에 필요한 일들을 알아서 척척 잘해나갈 것이다.

그러니 나의 삶이 궁금하여 너의 삶을 끌고 오는 우연이여,

기억은 왜 분자 단위까지만 쪼개지는가.

*

미안하다, 정말 미안해.

괜찮다면 손에 들고 있는 탄산수 좀 주라.

목 넘김이 묘하게 불편하여 중독성이 강하다.

갈변하는 과일 속 안온함

　복도가 한겨울의 햇빛을 받아 대리석 바닥에 일렁이는 무지개를 그리길래 끝나지 않은 건물이라고 생각했다 일을 다 끝마쳤으니 그만 집으로 돌아가야지 붕어빵과 호떡 중 하나를 고민하며 기다리고 있을 가족의 반응을 짐작했다 머리부터 먹느냐 꼬리부터 먹느냐 질긴 토론을 하거나 모자란 꿀을 더 가져올 것이었다 그러나 건물은 온전히 끝나 있었다 모든 기계들이 작동하지 않아 도무지 잠금 상태가 풀리지 않았다 순식간에 드리워지는 어둠이 시간을 무성하게 만들었다 걷는 기분과 서 있는 기분밖에 남지 않았다 기분이 수없는 추억을 현장감 있게 그렸다 퍼붓는 소나기를 온몸으로 맞으며 축구공을 차면 비현실적으로 휘어지는 궤도가 재밌었지 여기는 운동장인가 야간 자율 학습을 끝내고 자습실을 빠져나오는 밤 11시 3년을 다니고 있는 데를 나오지 못하고 헤매는 게 말이 되나 어떻게 1층으로 가더라 친구와 민망한 웃음을 터뜨리며 한참을 더 헤맸다가 간신히 나가는 문을 찾았는데 잠겨 있어서 갑작스러운 폐쇄 공포에 빠졌었잖아 어이가 없었다니까 여기는 학교인가 아무도 출근하지 않은 사무실을 바라보고 있으면 어수선한 책상과 널브러진 의자가 꼭 모든 사람들이 휩쓸려 가고 남겨진 텅 빈 세계 같았는데 유일한 생존자가 된 기분은 그야말로 답이 없었다 메모지 한 장 뜯어 "아무도 없네요. 기록은 무의미해졌지만 인류의 마지막 언어가 될 테니까요. 바람 좀 쐬다 오겠습니다. 그동안 고생했어요" 같은 인사를 적어 흠집 난 세계의 귀퉁이쯤 붙여도 좋았겠다 여기는 회사인가 그 많던 친구, 그 많던 선생님, 그 많던 동료, 그 많던 가족과 그 많던 애인이, 다 어디로 갔는가 나뭇가지가 창틀을 잡고 떼어내려고 안간힘을 쓰고 있었다 발밑에서 크고 작은 발자국들이 우글거렸다 폐쇄된 공간에서의 처절한 생존이 유효했다 갇히는 양상 또한 다양했으니 사태 파악에도 복잡한 경위가 따랐다 붕괴된 터널에 갇힌 자, 바다에 빠진 자, 추락하는 비행기 안에서 조용히 벨트를 푸는 자, 스스로 문을 걸어 잠그고 나오지 않는 자 탄생에 대한 기억이 없다 어쩌다 보니 시골집 마당에서 가장 못생긴 짱돌을 차고 있었다 어쩌다 보니 할아버지의 죽음을 거실에서의 숙면으로 오인하고 있었다 어쩌다 보니 가짜 루돌프를 타고 유치원에 온 가짜 산타한테 선물 받고 같이 사진 찍었다 어쩌다 보니 바닥에도 닿지 않는 다리를 쭉 펴며 차창 밖 풍경을 구경했고 그때부터 움직이는 모든 것은 순간의 풍경을 죽이며 나아간다는 무의식적 합리성에 빠졌다 풍경이 다른 풍경을 죽이며 새로운 풍경을 얻는 현장이었다 진짜 남는 풍경은 없었다 나아갈 데가 없었다 남을 수 있었지만 남겨지지는 않았다 이상형을 만났던 경험은 귀중한가 머릿속에서 종소리가 울렸던가 사랑한다는 건 기어이 끝장내겠다는 것 전쟁하겠다는 것 안일한 나날을 등지고 폐허를 개척하겠다는 것 신발 끈이 풀리기에 허리를 숙여 다시 한번 매듭을 묶었다 웅크림이 시작이자 끝이다 낙엽 굴러가는 소리를 듣고 왔나 싶어 고개를 드니 온통 모르는 행인뿐이었다 최근에 부산으로 갔던 이유는 끝을 보기 위해서였다 저주받은 손을 파도로 잘라내기 위해, 잃어버린 눈빛을 모래로 충당하기 위해, 가슴속 종양을 난파선으로 찢어버리기 위해 월식을 보니 새삼 신기했다 달을 가리는 지구의 그림자가 암흑 물질이었던 건 아닐까 누가 정한 규칙은 아니지만 어찌 되었든 세계는 가끔 달을 가려야 한다 법칙이 우선하는 세계 여기는 실재하는가 기필코 공간과 시간을 분리하리라 배고프다 남은 체

온이 좀 떫다 누가 이 무자비한 잠재태들을 설탕물에 담

귀보시오

손을 풀자 연주를 시작하자

도돌이표 모양을 새롭게 문신한 친구의 팔목을 보고
물었다 이번에도 많이 아팠어? 아니 졸렸어 친구는 웃으
며 드럼 스틱을 내려놓았다 상체를 숙여 드럼 피를 조였
다 풀기를 반복하는 오른팔 친구가 맨 처음 새긴 문신은
팔꿈치 안쪽에서 영원히 부러지지 않는 야자수였다 팔을
굽힐 때마다 야자수가 구부러졌다

두드릴 수 있는 건 소리가 난다 내 앞에 있으니까 친구
가 노크하듯 탁자를 두드리면 탁자의 몸에 들어 있던 음
이 하나둘 빠져나와 창밖으로 넘어갔다 그래 몸을 벗어
난 음들은 어디선가 다시 모여 노래가 돼

텅 빈 연습실에 먼저 도착해 기타를 품에 안고 방음벽
에 머리를 기댔다 친구는 음악을 그만두자마자 옷을 팔
았다 친구가 처음으로 직접 원단을 고르고 만들었다는
블레이저를 보러 가지 못했다

해가 구름에 가려지면 길을 밝혔던 빛의 무리는 땅속
으로 깊이 스며들었다 잠시 다른 곳을 비추러 간 거야 나

는 내 이마를 두드려보았고

　너는 또 웃으며 내가 쓰고 있는 재단용 가위라고 선물
받았다고 자랑했다 가위를 건넬 때 날을 꼭 잡는 손엔 어
떤 다짐이 필요할까

　잘 봐 마음에도 음이 들어가 신기해서 브로치로라도
달고 싶은데 볼 수 없지 눈앞에 없으니 네 말대로 두드릴
수도 없지 친구는 계속 웃었다 너의 헤픈 웃음에도

　나는 친구 앞에서 손을 풀려고 여러 곡을 짧게 연주했
다 화음을 몰라도 들으면 느낌으로든 기분으로든 밝다는
걸 알 수 있고 구름은 해를 껴안고 잃어버린 저편을 향해
달려가고

　달아나지 않고 우리 곁을 맴도는 음은 소중하지 친구
야 너는 나의 흩어진 꿈 나는 너의 앞과 뒤 그대로 있어
주면 우리는 이제 서로를 껴안을 때 가시가 돋지 않지 우
리에겐 언제나 연결되어 있다는 믿음이 중요하지

버금가는 날들
─ 꿈 변명하기

아주 짧고 그랬다. 허벅지 안쪽에서 낯선 질감이 느껴져 이불을 들추어보니 동일한 나의 얼굴이 흐느끼고 있었다. 어쩜 이리도 똑같이 생겼을까, 그런 감상 정도에만 그치고는 다시 눈을 감았다. 꿈속의 도서관에서 첫사랑에게 꽃다발을 받는 중이었는데. 끊긴 꿈은 이어지지 않았다. 무성 어둠만이 상영되었다. 다음 날 허벅지 안쪽에는 피멍이 들어 있었고.

집 앞 골목은 못 본 새 작은 변화가 생겼다. 돌담 위에 새싹이 핀 것이었다. 벽돌과 벽돌 사이에 흙이 메워져 있었다. 잎에 비해 가지가 매우 앙상했다. 세찬 바람이 불어오는데 새싹은 부러지지 않고 힘껏 흔들렸다. 줄기가 햇빛을 가득 머금었다. 땅과 멀어 물은 없었을 텐데 간밤에 소나기가 내렸단 이유만으로 자란 새싹. 가볍게 쓰다듬으니 골목 끝에서 아버지와 딸이 허공에 날아다니는 잠자리를 쫓아다니고 있었다. 두 손으로 감싸도 온전히 담기지 않을 초여름의 풍경.

잠깐만 기다리라고 했는데.

금방 돌아올게, 들려준 이 말만 수백 번 곱씹고 있었는데.

인파가 몰려오고. 지하철이 도착하고.

여러 개의 문이 한꺼번에 열리고.

잠깐이면 된다고 했는데.

이모가 대신 집에 데려다주었던 날이었고.

여기서 내려야 하는데. 턱 밑까지 흘린 침을 닦으며 황급히 내리려고 하자 문이 닫혔다. 전광판을 보니 아직 갈 길은 멀었다. 그사이 다른 사람이 이미 내 자리에 앉아 휴대폰을 보고 있었다. 차창이 밝아지면서 사람들의 이마마다 어린 빛들이 듬성듬성 맺혔다.

개찰구를 나오면서 휴대폰을 꺼낸 채 조금 걸었다. 휴대폰을 쥐고 있는 팔이 허공에서 진자 운동을 하고 있었다. 세상에 태어나 첫 품에 안겨 자장가를 듣던 곡선의 궤도로. 왜 팔을 움직이며 앞으로 나아가는 걸까. 왜 가만히 있을 순 없나. 꼭 붙잡은 걸 놓쳤다는 듯이. 과거와 미래를 동시에 쥐고 싶다는 듯이. 최면을 거는 줄에는 구슬이 매달려 있고, 달걀을 쥐듯 손을 모으면 달리기가 더 빨라진다던 어느 체육 교사 말이 떠오른 건 왜 꼭. 그 순간, 불쑥 들어온 누군가의 팔에 놀랐다. 한 여자가 나를 지나치더니 옆에 있던 남자에게 말했다. 저 사람이 내 팔을 쳤어. 나의 과거의 팔에 부딪힌 여자가 뱉은 미래적인 말이었다. 달리지 않았다.

편지를 길게 쓰다 보면 망가지는 글자들. 고치지 않았다. 획을 긋다 손가락에 묻었다. 흐르는 물에 씻고 문지르면 쓰러져 있던 물방개가 동공 위로 날뛰었다. 먼 나라의 눈빛처럼 피부에 스며들기. 보이지 않았다.

새 옷에 걸려 있는 태그가 밖으로 삐져나와 있었다. 슬리퍼를 벗으니 새끼발톱이 깨져 있었다. 탈의실에 옷과 옷걸이가 즐비했다. 환한 불빛이 텅 빈 방들을 비추었다. 거울에 비친 나의 가슴이 짝짝이였다. 심장이라도 꺼내고 싶은 심정이었다. 방을 돌아다녔다. 어떤 방엔 입었던 옷이 바닥에 내팽개쳐져 있었다. 단추가 다 풀린 셔츠.

주름진 소매. 터진 솔기선. 태그를 뗐다. 옷이 녹기 시작
했다.

　아주 짧았지만 그랬다. 가끔 분명했고 자주 놓쳤다. 악
몽을 꾸기 시작한 순간부터. 얼굴이 얼굴을 침범하려는
공습으로부터.

유월의 일들

그리고 한 6시간 뒤엔 다시 집으로 돌아가고 있을 것이며 그로부터 12시간 뒤엔 월요일에 휴무인 단골 카페를 드디어 오늘 갈 수 있으니 예쁜 착장을 하고 카페에 앉아 커피를 마시며 책을 읽을 것이고 또 거기서 약 2시간 뒤엔 시가 잘 써지지 않아 머리카락을 뭉텅이로 쥐고 있는 나를 볼 것이고 1시간 뒤엔 어떻게 어떻게 그래도 쓰긴 썼다, 초고를 조심스럽게 저장하고 노트북을 닫고 가방을 싸고 터덜터덜 카페를 나설 것이다 그 후 5분 뒤 왠지 아직 집으로 들어가고 싶지 않아 아파트 안 산책로를 좀 걷다 들어갈까 해서 혼자 음악을 들으며 걷다가 걷다가 이윽고 밤이 찾아오는데 밤하늘은 의외로 검지 않고 조금 노랗거나 파랄 때도 있고 보랏빛일 때도 있다는 것을 알게 되어 아주 약간 외롭지 않을 수 있을 것이고 한 10분 뒤엔 다리가 아파 집으로 돌아가 현관문 비밀번호를 누르고 있을 것이다 30분 뒤에 샤워를 다 끝내고 침대에 누워 오늘 있었던 일을 일기에 적어야지, 하다가 책상에 앉아 스탠드를 켤 것이다 불빛이 책상을 은은하게 덮는 모습이 마음에 들어 한동안 턱을 괴고 먼지가 묻어 있는 스피커를 바라보다 물티슈를 가져와 닦을 것이고 또 새로운 물티슈를 뽑아 오는데 그것으로 얼룩진 마음을 닦을 순 없겠지, 하며 손이나 쓱쓱 닦고 휴지통에 버릴 것이다 5시간 뒤엔 넓은 밤 속에서 잠든 내가 있을 것이고 5분 뒤에도 50초 뒤에도 5초 뒤에도 나는 계속될 것이다 내가 나를 구질구질하게 반복하고 있을 것이다 5초 뒤 5분 뒤 5시간 뒤에 없는 나는 지금 어느 미래에 있나 어느 미래에서 몇 초 뒤 몇 분 뒤 몇 시간 뒤에 나와 만날 것인가 혹시 미래는 어떤 지점이 아니라 세어야 하는 것인가 몇 미래 뒤 몇 번의 미래 몇 개의 미래가 사라져야 나는 나는 나는 반복을 끝낼 것인가 더 이상 출근하지 않고 지하철을 타지 않고 커피를 마시지 않고 창밖을 바라보지 않고 샤워를 하지 않고 잠이 들지 않는 나의 미래 몇 번째 미래 나의 뒤에 또 어떤 내가 이런 생각을 하고 있을까 그렇게 한 6시간 뒤엔

불꽃

우리가 서로를 사랑하는 일에는 증거가 필요하여 너는
피를 약속한다

투명한 물 대신 검붉은 피를 마시고 욕조에 피를 채우
고 피에 잠겨 피눈물을 흘리는 사이 발끝에서 일렁이는
빛이 모양을 잃고 있다

우린 피가 통한다 몸속에 물보다 피가 더 많아진다면
슬픔이 더 이상 무슨 소용이 있을까 피가 돈다는 말에 초
조함이 느껴질 때

손을 씻으려고 수도꼭지를 돌리면 맑은 피가 흘러나오
고 무더운 여름 속에서 손등으로 이마에 흐르는 피를 훔
치고 코를 풀자 코피가 흘러 휴지가 붉게 물들고

그런데도 아프냐고 묻지 않는 세계, 피가 충분해서 더
는 다른 피를 필요로 하지 않는 세계에선 천장에 맺힌 핏
방울이 몸을 떼어내려고 해도 고개를 들지 않는다
창가에 기대 피가 내리는 소리를 듣는다

고작 피를 좀 나누었다고 누구나

이제 온몸엔 나의 피와 당신의 피가 순환합니다
창문을 열면 숲길이 선연했는데 밖에 나오니 수평선이
태양을 반으로 잘라 피바다가 된 이곳

사람들이 하나둘 다가오고 있다 심장을 꺼낸 채
자신의 주먹만 한 크기인 작고 귀여운 것이 아직 잘 뛰
고 있다고 자랑하듯이

잘게 부서진 노을 조각들이 각자의 뺨에 묻어 있다 아
무도 털어주지 않고 옷에 붙은 하루를 끄려다가 더 번지
기 전에 벗어버리고 빌어먹을 결말 때문에
우리는 누군가를 죽을 각오로 사랑한 적 있지요?

그러고는 최선을 다해 그것을 움켜쥐는 것이다
핏줄을 따라 과즙처럼 흘러내리는
달콤한 침을 핥으며

죽은 결

한 소년이 돌담을 민다 돌의 틈에 바람이 끼여 있다 돌과 돌의 간격을 재고 있다 그 간격이 높이를 허물 수도 있는지 소년은 알지 못한다 아무것도 모르면서 돌담을 민다 돌담은 곡선으로 지어야 무너지지 않는다는데 소년은 국경을 밀어 어디까지 가고 싶은 걸까 돌담은 몇 개의 돌 이상이 쌓여야 경계가 될까 돌담은 소년의 키보다 한참 크다 소년이 돌담을 밀다가 씩씩거린다 돌담에 등을 기대고 부채질을 하는 할머니 옆에서 소년은 돌담을 민다 돌담이 쓰러질 수 있는 힘이 어느 정도인지 모르는 소년이 돌담을 아무 힘으로 밀고 있다 돌담을 밀면 돌담은 밀리지 않고 소년의 몸이 휘청인다 가운데로 돌아오는 몸을 꼿꼿이 펴고 다시 돌담을 밀면 넘어지는 건 소년의 몫이자 운명 소년이 한 손을 돌담에 대고 한 손으로 이마를 짚는다 소년은 눈을 감고 생각하는 것처럼 보인다 소년에게 돌담으로부터 훔치고 싶은 생각이 있어 보인다 하지만 생각은 도로 휘어져 우리의 책임 없는 생활을 흔들고 생각도 아닌 생각들이 우리를 지배할 텐데 푸른 하늘 아래에서 소년과 돌담 사이에 소년의 그림자가 섣부른 판단처럼 꽂혀 있다 돌담을 밀면 돌담은 넘어지지 않

고 쓰러지지 않고 소년을 쓰러뜨린다 돌가루가 코끝을
지나 바람에 흩날린다

환상 충돌

나뭇가지를 물고 날아간다
너머에 있을 집을 미리 지으러 간다

날개를 스스로 부러뜨린다

욱신거리는 발목을 감싸주는 풀숲
고개를 들자 달아나는 뒷모습이 서서히 붓기 시작한다

귓불을 빠는 악몽의 손가락은 가늘고 연약하다

아무것도 들을 수 없게 되었지만
어떤 사랑의 형태가 들어도 좋을 목소리를 원하고 있다

새로운 벽에 해로운 색깔을 입히고
곰팡이가 딸기를 씹으며 썩은 날씨를 바라보고 있고
우유를 따르는 동안 우유가 너무 하얗다고 생각해서
울기 직전의 눈동자가 되고

집을 짓는 중이었는데

빗줄기는 불빛 속에서만 환하게 내리고
내리는 것은 비가 아니라 뼈가 아닌가
희디흰 빗금들이 무수히 쏟아져
다시 골격부터 시작하라는 뜻 아닌가

다음 생에는 꼭 지킬 수 있는 피부를 줄게
자꾸 잡히지도 않는 바람을 붙잡으려 하면서

주변에 머무르기 위해
지구는 둥글고

간주 없고

그렇게 완성되는 구멍은 시간에 의해 뚫린다
일순간 검은 나비들이 독을 뿜으며 숨에 부딪힌다

마음에 들기 위해
마음에도 없는 짓을 골라 하며 살도록
태어난

어느 종말의 하루

창문이 깨졌어도
바깥 풍경은 어디 다친 데 없이 잘 있다

블록 꽃

오늘도 안 된다는 말을 많이 듣는다

새로 깎은 연필이 단번에 부러지거나
팔꿈치로 툭 쳐버린 커피가 뒷굽을 적실 때
이것이 우리가 주고받은 마지막 대화일 때

조카가 다 숨었다고 어서 찾으라고 한다
네가 그렇게 말해버리면 삼촌이 어딨는지 다 알게 되
잖아
하얀 레이스 커튼을 몸에 두르고 두 눈을 양손으로 가
리면
자신을 다 숨겼다고 생각하는 무구한 기분이 내게도
필요한데
나는 조카를 뒤에서 와락 끌어안는다

나란히 앉아 들려주던 풍경들이 길목에 겹쳐진다
진홍색으로 물든 화살나무가 타오르는 불처럼 느껴진
다고
우린 끝내 춥지 않은 곳에서 잘 지냈으면 좋겠다고

고개를 끄덕이는 대신 의자가 삐걱거렸다

거짓말, 아직 이렇게 향기가 남아 있는데
미리 꺼내놓은 노랑 원피스와 단화가 기다리고 있는데

번호를 꾹꾹 누르고 전화를 걸어보면
내 옆에서 주인 없는 전화기가 울리고 있다
받을 때까지 끊지 않는다

내가 가장 좋아한다고 했던 책을 펼치자
만 원 한 장이 나풀나풀 공중을 맴돌다
손이 닿지 않는 책상 뒤편으로 떨어진다

무엇이 자꾸 안 된다는 건지
안 된다고 하면 그만두어야 하는 건지

살아 있기로 한 말들이 귓속에서 피를 흘린다

성냥을 오래 붙잡고 있으면

잡은 손이 뜨거워지고 성냥을 기울이면
무언가 태울 것이 생긴다

보는 것마다 다 번진 모습으로 보인다
아쿠아 유리를 끼운 것처럼
모래가 유치원을 뒤덮고
끊어진 가방끈이 죽음보다 높은 자리에 둥지를 엮는다

우리가 보고 걷고 배우던 풍경들은 사실이었는데
나는 점점 사실을 비껴가는 데 능숙해지고 있다

이것이 사랑이 꿈꾸는 장면이다

의미 없는 선반을 깨끗이 치우고
나는 또다시 영원을 희망하며 조립하고 있다
향기와 처음부터 없었으면 죽지도 않았을 삶을 부러뜨
리고
우리가 만나서 살았었지요, 기념하려고

조카가 배고프다고 배를 문지른다
나는 냉동 생선의 꼬리를 움켜쥔다

불순물

담기는 모양에 따라 모양을 가지는 것을
기억이나 용서라고 부른다면

뭉쳐진 영혼들을 병에 붓고
잘 섞일 수 있게
아주 조그만 공을 넣는다

그들은 아직 몸에 못다 한 말을 남겨두고
누가 데려가지도 않은 채 자신의 방에서 썩고 있는
자들

밥을 먹다가 나도 모르게 눈물이 쏟아져서
떨어뜨린 숟가락이 의자 다리에 붙은 먼지를 긁어내는
동안
입안에선 무엇인지도 모르게 씹히는 어둠만이 있고

높은 건물은 옥상을 잠그면 불법이므로 항상 열어두어
야 한다는 사실이
누구나 헬기로부터 구해질 수 있는 게 아니라

언제든지 떨어져 죽을 기회가 주어졌구나 하는 마음으
로 다다를 때

　시간은 깊은 밤 강물에 떠 있는 유리병처럼 굳게 닫
혔고
　좀더 먼 곳으로 가려 하고
　그 안엔 이제 내용을 알 수 없는 편지가 젖을 수도 없
이 들어 있다

　강변을 걷다가 물에 번진 가로등 불빛에게 다가간다
　손을 푹 담그면 빛은 두 동강으로 갈라지다가
　검은 물속에 잠긴 이름들을 천천히 비춘다

　살아 있는 한 영영 잊을 수가 없겠지만
　언제고 비슷한 풍경으로 변주될 때마다 바위에 머리를
꽉 박고 싶겠지만

　아침이야
　넣고 싶은 것들을 넣으면

마구 흔드는 손

컵에 한가득 따른 뒤 고개를 젖히고 한 번에 마셔

다 섞이지 못해 가만히 구석에 남은 덩어리를

반복이나 질서라고 부른다면

그래서 매일 웅크리는 연습을 하는 것이라면

나란한 조명

발길보다 손길이 더욱 깃드는 곳을 환히 밝히기 위해
나란해지는 진심들

높은 벽에 걸려 있는 흰 전구와
희미해지고 있는 노란 전구
노란 속에 사는 사람들은 이내 떠나고 말겠지

저마다 상점 안에서의 일들
꽃을 고르던 손이 빵을 한가득 움켜쥐기도 하고
양복 단추를 막 잠그기 직전 마음이 벌어진 수의를 여
며주기도 하고
'잘 가'라는 말이 또 보자는 뜻이 아니라
'다신 돌아오지 마'라는 뜻을 입어야만 할 때
음악을 고르던 천장이 클림트의 「키스」를 훔쳐 달아나
기도 하겠지

노란이 흰들과 구별되어
공간을 분위기를 망치고 있으므로
갈아 끼울 전구를 찾는 분주한 시선 옆엔

아무나 마시라고 채워둔 물이 단 한 모금도 줄어들지
않는데
　종이컵은 거의 남아 있지 않다

　인주를 담은 검은 뚜껑이 열려 있고
　면이 두꺼운 공기
　각자의 이름을 새긴 도장이나
　손끝과 닮은
　것들, 인주를 마르게 하는

　더는 서 있을 힘이 없어
　바닥을 기어가는 날씨
　가장 깊은 진창을 만들기 위해 우선 수많은 진창을 만
든다

　노란을 걷는 발들이 푹푹 빠지는 동안
　너무 웃어서 또 한참을 우느라
　저 환한, 우아하고 상냥한 숨을 마주하고 있다면
　영영 좋다면

새로운 흰이 도착하기 전까진
그 마지막을 함께 지켜보기로

모두의 다른 정면에서 만나자

눈발이 거세지는데
좀체 움직일 기미가 없는 뒷모습을 따라 서 있다

빛의 껍질을 부르려는 순간
봄날이 쓰러진다

어제오늘

좋아하는 날씨 속에서
잠들고 싶었다

커피를 마시다가
거실 바닥에 컵을 내려놓고
소파에 누우면

컵의 모양을 제대로 그리지 못한 물 자국이
바닥에 고여 있었다

가만두거나 맨발로 밟거나 휴지로 닦아도
해가 넘어가고 있었고

화장실에서 무슨 대폭발이 일어나듯
쿵, 거대한 소리를 내며 욕조에 떨어진 샤워기

그것을 불쌍하게 바라본 적이 있었으므로
벽에 오래 걸려 있을 거란 믿음 자체가 없었으므로

몸은 언제나 역겨움의 결정체였다

마땅한 결과였다

흐르는 몇 년 속에서
죽고 싶었다

죽을 결심을 하다
아무에게나 따귀를 맞아 깨어나고 싶었다

봄날을 거역하는 속도로

느닷없이
차분히

세수할 때는
저절로 눈을 감게 되고
숨을 참고
이 얼굴을 씻는 물은 조용하게 모여

어느 아름다운 시절로 유유히 흘러 찰랑일 것이다

전화기와 액자, 다이어리, 그리고
늦은 들판에서 눈을 씻지 못하는 양들의 발에도
식별 불가능한 지문이 묻어 있겠지만

한낮에 스르르 잠이 들었다
소파에 옆모습을 흘린 채

상쇄

우리 집에 놀러오라고 사람들을 초대했다

아무것도 들고 오지 말고
모두가 시간 되는 날에

예쁜 꽃무늬 식탁보를 새로 깔고
음식을 담고 그릇의 테두리를 닦았다

창문을 열어 다른 공기를 모으고
햇빛이 물든 자리에서
꼬리를 흔들며 발을 동동 구르는 강아지

이렇게 많은 사람들이 시간을 맞춰 함께하는 날은
다신 오지 않을 것 같아서

식탁에 둘러앉아 웃으며 저녁을 먹는 시간이 지나면
내일 아침부턴 일어나 거실로 걸어가도 어지럽지 않을
수 있을 것이다

변화를 받아들이지 않았던 날들

저 멀리 복도에서부터 들려오는 발소리에 두근거리는
마음
밖에서 웅성거리는 목소리들

들어오라고 주머니에 폭죽을 넣으며 소리쳤다

문을 열자 어두운 복도에서
사람들이 숨을 쉬지 못하고 있었고
어떤 사람은 벽을 긁으며 제발 놓아달라고 말했다

독립 생활

그날 밤은 아무도 새집을 두드리지 않아서 좋았다

가끔씩 창 너머로 들리는 전기톱 소리나
비행기가 낮게 지나가는 소리만 빼면
아주 평온하고 고즈넉한 동네였다

그때는 수긋하게 빗소리나 듣는 내게도
우산을 씌워주는 사람이 있었으므로
빗길은 언제나 둘이 걷는 길이었다

어질러진 옷가지를 밟으며 밀린 설거지를
아직 제 위치를 찾지 못해 나뒹구는 가구들

아무 기분도 없는 하루를 언제쯤 살아볼 수 있을까

3부

증오*

누군가가 불을 던져서 나는 아주 쉽게 타올랐다.

　내가 몸부림을 치며 깊은 어둠 속에서 타오르고 있는데
　사람들은 야시장에서 웃고 맥주를 마시고 노가리를 뜯
으며 담소를 나누었다.
　나무들이 차례로 쓰러지는 자리가 곧 불길이 되어 숲
전체가 망가지듯
　나는 나의 형태가 일그러지는 시간을 가만히 지켜볼
수밖에 없었다.
　이내 두 팔을 떨어뜨리고 고개를 숙이고 무릎을 꿇었다.
　등이 녹아서 심장의 뒷면부터 꺼낼 수 있을 것 같아.
　심장만이라도 잘 보존해볼 수 있다면
　마음이란 게 어디 있었던 건지 알 수 있게 될까.
　발끝마저 재로 변하자 나는 폭삭 가라앉았고
　두 눈만이 멀쩡히 살아 있었다.

　나는 밤과 잘 어울리는 몸을 가졌고 한 가지 수치스러
운 점이 있다면
　아무도 이 잿더미를 치워주지 않는다는 것.

목소리는 서로에게 옮겨붙을수록

알아들을 수 없는 해석 불가능한 주검이 되었으며

사망 원인을 알 수 없는 부검 결과가 되었다.

밤은 뜨거웠다,

누군가가 던진 불 하나 때문에.

나는 잠시 세상에서 가장 밝아질 수 있었지만

그 대가로 가장 어두워져야만 했다.

다음 날 아침, 여자의 발이 멈춘 자리에는

수북이 쌓인 잿더미들이 따로 있었다.

그 위에 놓인 검은 심장은 뛰고 있었다.

* "나는 해미를 사랑하고 있어요. 씨발, 난 해미를 사랑한다고." (「버닝」, 2018).

열매는 못 봤지만

장미의 숨을 꺾을 수는 없겠군
줄기를 자르면 장미는 자생력으로
다시 줄기를 자라게 할 수 있군

저녁 속으로 사라지는 한 사람이었군
지난 몸으로 어딜 가려는 건지
뒤따라가게 되는군
셔츠가 나를 벗는군
주변 상점들의 간판도 다 꺼져 있어서
골목은 어리둥절한 표정을 짓는군

썩은 눈동자의 속을 파내고 유황을 발라야겠군
당신은 지금 돌연변이처럼 행동하는군
누군가의 손이 당신을 유희적으로 도려냈군
구토하는 자리마다 잘린 장면들을 심어 번식하는군
삽목하는 과정에서 희생되는 목숨들이,
애꿎은 희망들이 갈비뼈처럼 모여
마음을 보호하려 들지만
이런, 이미 늦은 모양이군

마지막으로 나눈 교환 일기가 오, 다름 아닌
유서였군
재킷 안주머니에 헐렁한 팬티에 제목이 기억나지 않는
노래에 커튼을 묶은 매듭에 부러진 안경테에 당신의 비
명이
조각조각 찢겨 있었군
이름과 날짜로 기록되었군
당신의 얼굴은 아무 얼굴과 맞바뀌는군
대체 가능하군
삭제 가능하군

사라지는 것이 모든 물질이 가진 운명이라면
왜 자꾸 흙을 파는가, 종자를 맺게 하는가

관심이 필요해서 그래요
잠깐만 돌아보라고요

사건을 어금니로 물고 옷매무새를 다듬는군

트라우마라곤 찾아볼 수가 없군

개새끼라고 표현하지 마시오

신은 죽었다고 선언하듯 모입시다

악마는 죽었다 괴물은 죽었다

국적을 잃은 이방인만이 남았다

체류하라 말을 다시 배울 수 있는 곳에서

에밀리에게 장미를* 바쳐라

정원이 되는 방

지독할 정도로 사람인 게 문제였군

우리가 직면해야 할

분명한 사람이란 게

당신의 침실로 돌아왔군

이불과 베개가 하얗고 깨끗하군

포근하겠군 어떤 시간은 덮이지도 않는데

핑킹가위에 잘린 손목이 천장에 대롱대롱 매달려 있군

어느 손과도 접합될 수 없겠군

오로지 잘려 나간 손, 그것만을 찾아야 한다

하지만 어디서 찾을 수 있겠는가
이미 그 거실은 오후를 떠나고 없다
그렇다면 손 혼자서 어디로, 대체 어디로

창을 조금만 열어두어도 산들바람이 부는군
눈이 절로 감기는군
담장에 꿈이 피었군
저것은 환상 이것은 현실 그것은 선택
여러 다발로 솎아내어 베개 위에 올려두어야겠군
당신은 잘 지내야겠군

　　　　……신발 끈 풀렸어요

　　　　　여기 앉아봐요

　　　　　됐어요, 이제

　　　　　멀리 가세요

불러도 대답 없군
증거들도 잘 지내는군
수많은 다음이 태어나는군

우리는 다음에게 무엇을 줄 것인가

저런, 잉크가 다 떨어졌군

맥주도 다 마셨고

목이 아프니 물을 주시오

참, 아무도 없군

돌아올 일은 없겠군

모처럼 비가 오겠군

스스로 살아갈 수 있는 힘, 남아 있어서

가슴에서 장미 한 송이가 자라나고 있으니

깜빡이는 지옥을 갈아야겠군

* 윌리엄 포크너의 단편소설.

유산

겁 없이 샹들리에가 떨어졌다
나사가 뽑히지도 톱날 따위에 철사가 끊긴 것도 아닌데
정말 겁도 없이 샹들리에는 식탁 한가운데로 떨어져
손거울을 깨부수고 파편이 사방으로 튀어
벽을 긁고—썩은 눈동자들이 줄줄이 흘러나왔다
보이는 책마다 표지를 북북 찢고—아직 다 읽지 못했
는데!
파티를 망치는 샹들리에
저마다 불온한 색을 입고 분화된 수정구들이
차려진 음식을 게걸스럽게 처먹다 도로 뱉어냈고
촛대들, 살롱을 이리저리 헤집으면서
불씨를 다시 살릴 만한 것을 찾느라
점점 더 굳어가고 있었다
몸을 녹여야 해 몸을 아예 없애야 해
무언가를 애써 태울 마음은 없어요
분위기가 비명을 지르며 마당으로 뛰어나갔고
그랜드피아노를 연주하는 샹들리에
샴페인을 마시는 샹들리에
해마가 손상되고 내분비계가 고장 난 샹들리에에

사람들은 풀이 가득한 마당에 가지런히 엎어져 있었다
햇볕이 뜨거웠다
물론 샹들리에는 그들을 밟고 지나갈 마음이 없었다
겁이 없었고
파티를 망치는 샹들리에

버리러 오는 춤

매일 같은 부분에서 틀리는 동작

음악보다 한 박자 빠르게
옆 사람보다 먼저
구부렸던 팔을 쫙 펴고
뒤로 돌면 되는 몸짓

그것이 우리가 추는 춤의 마지막이고
그것이 우리가 추고자 하는 춤의 마무리이자
그것이 우리가 완성하려는 춤을 위해 모인 이유인데

단 한 사람 때문에 음악은 처음부터 다시
몸은 거의 모든 동작을 기억하고 수행하고
다른 이들의 동작과 연결되고 조직되고

끝에 다 와서는 또 음악보다 느리다
단단히 부은 연습

우리가 함께 만든 안무는 우리가 함께 고른 곡과 잘 어

울려야 하고
　산책이나 독서와는 어울리지 않아야 하고
　차라리 목숨을 다한 이들의 자세와 모여야 하고
　우리만의 몸짓을 얻기 위해
　수많은 몸짓들은 버려졌는데

　오늘을 틀리지 않으려는 새벽이 한참 지나고 나서야
연습실 불이 꺼진다
　돌아오는 아침이 자꾸 지난날의 체온을 까먹는 것 같다

　가까운 창문에 무릎을 닮은 햇볕이 드리우는 날을 새
봄이라고 하자
　융단 위에 서 있는 기분이 묻은 보풀을 털어낸다

　언제나 버린 몸짓들을 잊지 않으며
　이 춤을 끝내 다 추고
　음악도 약속도 없이 서로를 다 흐를 때까지

　신발 끈과 긴 머리를 질끈 묶는다

춤이 곁을 기억하도록

거울 속에서 틀린 동작이
텅 빈 연습실을 향해 걸어온다

여는 기쁨

누가 나를 보며 웃지

멀리서부터 양팔을 흔들다가 과일 꾸러미를 한가득 끌어안고

선홍빛 잇몸이 살짝 드러나는 얼굴을 하며 이쪽으로 오고 있어

분명 모르는 사람이야 내가 알 수 없는 사람이야

이곳은 내가 살면서 한 번도 온 적이 없었던 곳이고

알 만한 사람들이 이곳에 살지 않는다는 것 또한 이유가 되겠지만

나는 누군가를 만나러 온 게 아니거든

깨끗한 눈빛을 건네고 꼭 껴안아줄 것처럼

점점 걸음에 속도를 내며 오고 있는 당신에게

나는 아무것도 줄 게 없고 바라는 일이 많은데

당신은 그동안 하지 못했던 말이 많아 보여

알아들을 수 없을 거야 모르는 얘기를 듣다 그만

고개를 세차게 저으며 당신이 찾는 사람은 내가 아니에요,

당신은 지금 다른 사람을 만나러 가야 해요 그렇게 말하면서도

잡은 손은 놓을 때까지 놓지 않을 거야
빛과 함께
다채롭게 쌓인 과일들의 껍질이 반짝이지
당신은 내 옆에 바구니를 내려놓더니
뒤에 서 있던 품에 안기고는 펑펑 울지
하루에도 몇 번씩 웃으며 다가오는 사람들
잠시 쉬어야 하는 손길도 있겠지

역광

    돌고, 돌고, 돌고 있네요 어지러울 텐데 저러면 이내 중심을 잃고 쓰러지고 말 텐데 대체 얼마나 더 도실 생각입니까

    그런다고 여길 벗어날 수 있는 게 아니라고요

    방금 작은가리섬과 큰가리섬을 지났어요 그래도 바다예요 눈 좀 떠봐요 밖에도 좀 쳐다보고 이 날씨에 무슨 낚시를 하겠어요 아직 겨울이에요 해는 바뀌었지만 앞으로도 크게 달라질 건 없고요 그렇지만 지금 이 순간 차창 밖으로 붉은 구름이 전선에 걸렸다가 유리를 통과했다가 유리 속 텅 빈 표정으로 서 있는 유령을 비추었다가 더 살고 싶은 쪽으로 부는 바람이 산허리를 감는 시간은 짧고 소중해요 순간이 순간으로만 남겠지요 순간은 영원이 될 마음이 없으니까

    시화방조제를 가려고 했을 뿐인데 이미 지나버렸고 이제 어디로 가고 있는 거죠 정말 섬에라도 들어가야 할까요 여기도 바깥이므로 바깥의 바깥은 깊고 나아갈 데를

도무지 나아갈 데를 모르겠어요 세상도 세상을 찾으러
무작정 떠날 것처럼

　빠른 속도로 달려가는 차들은 형체가 분명하지 못해요
모두에게 목적지가 필요해 보여요 서로에게 숨길 수 없
는 목걸이를 목에 걸어야죠 그쪽은 너무 밝으니까 서 있
지 말아요 그쪽엔 너무 많은 실루엣들이 모여 있어서 못
찾겠으니까요

서른네 장면
—— 필름 카메라

한 시절이 단 한 줄로 기억됩니다

가지지 못할 바에야
소멸하는 장면들로 생의 주기를 이해합시다

저녁을 먹은 뒤 장작에 불을 피우다가
솟구친 불씨가 풀밭 너머로 튀어 놀란 표정을 짓습니다
이러다 모든 것이 다 타버리면 어떡해?

숲도 산기슭도 깊은 밤도 옆 텐트 천막에 아름다운 알
전구를 달고 있는 투숙객들도 우리가 나누었던 몸짓도
서로의 이름도
하얀 연기가 되어 다 날아간다면
흩어진다는 하나의 현상이 실은 죽을힘을 다해 살점을
찢는 행위라면
오늘이 극장에서의 마지막 상영이라면
암전 다음 밝아지는 의자들
끝내 힘이 다 풀려버린 동공

일단 눈앞에서 타오르는 불은

아무 생각에도 잠기지 않도록 하고 심신에 안정을 줍

니다

불과 인간의 관계를

불가분의 관계로 받아들이느라

고기를 다 태워버렸습니다

천막 아래서 가시적으로 들리는 빗소리가

종종 무섭고 곧 큰일이 날 것만 같아 눈을 뜨면

고요히 숨을 죽인 사물들과

눈을 약간 뜬 채 잘 자고 있는 사람 곁에 있습니다

꿈으로부터 내쳐진 탓입니까 아니면

현실이 그립습니까

다음 날 아침에는 가볍게 떨어지는 비에 촉촉해지는

월요일을 감상하며 라면을 끓여 먹습니다

커피도 한잔하면서 플라스틱 컵에 뜨거운 물을 부으면

환경호르몬이 발생하기 때문에 건강에 좋지 않다는 대화
를 나누다 보면
　　입술이 돌아오는 미래를 그리고 싶습니다

　　구름과 구름 사이에 들어찬 햇빛을 어루만지는 첫 가
을을
　　함께 출발하고 함께 도착하는 우리의 작은 여행을
　　찍는데, 찍으면 찍을수록 잘 찍히고 있는 게 맞나 의심
만 쌓여가는

　　누구 잘못으로도 돌리지 않습니다
　　시간을 잘 보내도록 합니다

　　숲과 숲속 모두 건강합니다
　　풀들이 춤을 추고 새들이 지저귀는 것만큼
　　진부한 풍경도 없다 그러겠지만
　　자연에도 다 뜻이 있겠지요
　　인간만큼 언어를 필요로 하진 않겠지만

서른네 번 찍었는데
필름 한 통이 다 감겼습니다

앞으로 장면에 대해 절대 말하지 않겠습니다

남은 두 장면의 행방을
당신에게 묻지도 않겠습니다

어서 좋은 날짜를 회복하세요

자리를 박찰 때 의자를 뒤로 세게 밀지 말기

버려진 오르간 앞을 서성이는 동안
음악은 이미 달아나고 없다

폐쇄되는 기도가 늘어날수록
신앙은 두꺼워지고
들판을 자유로이 누비던 어린이의 발이 말라비틀어
지고

박물관에서 유리 함에 담긴 유물들을 보며
패배의 역사나 증인이 남긴 말들은 읽지 않는다
단지 궁금한 것은 사물을 알맞은 상태로 보존하는 기술

밖에 있는 저수지로 나와 걸으며
깨진 발톱이란 옆구리를 찔린 들녘 같은 것인가
물이 녹인 표정들을 손끝으로 휘저어볼 때
어디선가 들리는 듯한

흉터를 가진 소리들이 많다
그 소리들이 종종 신체를 가격하거나

신체의 일부를 떼어 버린다

뒤에서 재채기를 하면 목덜미에 이빨 자국이 생기고
구걸하는 자가 다리 없이 끌고 다니는 스피커가 발목
에 밧줄을 휘감는다

폭우에 잠긴 연인이 놓쳐버린 우산이 전봇대에 부딪혀
망가질 때
발치에 닿은 낙과처럼 목격한 현장을 껍질째 삼키며
굴러가고 있는 두 눈을,
완전히 닫은 줄 알았던 문이 슬며시 열리고 있을 때
귓속을 닮은 문틈을 향해 기어가는 무릎을
아직 갖고 있는데

커피를 마시고 있는데
갑자기 팍, 소리가 난다
얼굴이 일그러져서 고개를 드니
홀로 남은 사람은 고개를 못 들고 있고
그 반대편엔 뒤로 밀린 나무 의자가 있다

창밖에선 눈발이 느리게 흩어지고 있다
창밖의 일들은 안쪽까지 들리지 않고
아주 조용하다는 것은 아주 작은 소음들만이 남았다
는 뜻

음악이 되고 싶었던 이유는 그 무엇과도 다르지 않다
심장 대신 등이 뛰고 허벅지가 뛰고 볼이 뛰는 것을 막
을 수가 없으니
떨림은 이상 징후
떨림은 사람을 죽게 할 수도 있다

망설였던 손끝을 안 순간부터
음악은 이미 달아나고 없다

맞잡은 손안으로
썩은 이파리들이 모래바람을 일으키며 몰려오고 있다

침묵은 뒤로 밀린 의자

다리 밑으로 질긴 싸움의 연속이 고인다

정지
작별

앞에 아무도 앉지 않은 의자가 뒤로 밀리고 있다

신발을 벗고 양말을 벗으면
발바닥에 수많은 먼지와 머리카락이 들러붙어 있지만
그대로 긴 잠이 들 것이다
자리가 얼마 남지 않았으므로

일회용품에 관한 딜레마

　버려지기 위해 태어난 것들. 한 번 쓰면 버려야 하는 것들에 대해. 할 말이 많아 보인다. 표정은 기다린다. 아직 태어나지 않은 표정을. 인공 눈물을 넣기 위해 고개를 뒤로 젖히면 탁자로 쏟아지는 눈빛들. 위태로운 각도. 한 방울도 남기지 말고 모두 흘려야지. 버릴 땐 대체로 버려지는 순간을 눈에 담는다. 정도 많지. 재활용이란 말을 다 만들고. 그러나 그 말 역시 몇 번만 더 쓰고 버리겠단 뜻이고.

　행복한 주말. 손을 잡고 핫도그를 사러 가는 길이다. 라이터를 흔들다 길바닥에 버리고 신호가 끊길까 봐 횡단보도를 전속력으로 달리는 사내. 화장품 가게 안에서 선물을 포장하고 있다. 리본이 예쁘게 묶인다. 저것으로 발목을 묶는다면. 이 부르튼 발을 누가 받아줄 것인가.

　기름 속에서 다 튀겨지기를 기다리는 동안 옆에 있는 분식집에서 김밥과 떡볶이도 시킨다. 계산대 위에 단무지와 나무젓가락이 통에 한가득 들어 있다. 환경보호를 위해 가능하면 젓가락을 가져가지 말라고 종이에 쓰여 있다. 생산된 목적을 잃은 것들에 대해. 젓가락은 버려지지도 못하네. 위안이 되니. 목적을 상실했는데 대체할 목적이 없다. 비닐을 찢어줄까. 검은 봉지를 뒤집어쓰고 저녁을 기다리는 얼굴들. 숨이 막히고.

문에 매달린 종이 흔들리며 청명한 소리를 낸다. 아까 가져가지 못한 게 있어서요. 젓가락을 두 매 집어 나간다. 아까 그 사람인가. 맞다, 손. 잡아야 할 손을 놓쳤어. 다시 핫도그를 받으러 가고. 손을 잡는다. 놓기 위해 뻗는 손.

케첩을 다 짠다. 남기면 약해지는 마음. 내일을 버리기 위해 흐르는 오늘. 수챗구멍을 막기 위해 자라나는 머리카락. 치워야지. 흘린 설탕은 닦아. 맛있니. 혼자 있어서 생각을 그리 오래하니. 먹을 땐 먹는 거에만 집중해야 된다. 남기지 말고. 후련해지겠니.

병원 갔다 오는 길

아이가 창문에 이마를 기대며 바깥을 바라본다.

엄마, 저긴 어디야?

엄마는 저곳을 실내라고 대답한다.

실내, 아주 넓고 크고 종종 공연도 열리는 곳. 너를 잃어버려도, 조금 시간이 걸릴지는 모르겠지만, 언젠가는 끝끝내 찾아내고 찾을 수 있는 곳.

그러나 아이는 저곳을 실외라고 대답한다.

아니야. 공간을 감싸주고 있으면 실외라고 부를 수 없어. 자, 봐봐. 천장이 있잖아. 넓잖아. 천장이나 지붕이 있어야 해.

엄마가 가리키는 손끝을 순식간에 스쳐 지나가는 조금. 조금이 있다 없어진다. 조금은 밝지도 어둡지도 않다. 조금의 양은 어떻게 측정해야 하는가.

아이는 두 손을 오므려 양쪽 관자놀이에 댄다. 양 손가락이 위로 얽히면서 지붕을 만든다. 아이는 저곳을 더 깊이 보고 있다. 망원경이나 현미경은 될 수 없지만 배경을 지워 대상에 몰입하는 능력을 갖는다. 아이는 지금 의자 위에 무릎을 꿇고 창밖에 있는 저곳을 바라보는 순간을 즐기고 있다.

가슴 한편을 쥐어짜는 엄마. 통증이 있으나 호소하지는 않고.

제일 가까이 보이는 곳엔 공사가 한창이다. 새로 지을 주상복합건물 때문에 터를 모두 허물어버린 자리. 흙바람이 날리고 큰 돌덩이들이 군데군데 장엄하게 놓여 있다.

엄마는 지금 후회하지 않으려고 노력하고 있다.

내려야 해. 엄마가 아이 손을 잡고 열리는 문을 향해 걸어가다가 멈칫한다.

갑작스러운 소나기가 세차게 내리고 있고. 엄마는 고개를 젖혀 하늘을 보더니 아이 머리 위로 두 손을 포갠다.

뛰어간다.

엄마의 입맛

맛있는 저녁 식사를 해주고 싶었는데 너희들이 숟가락으로 국을 떠 맛을 보고는 퉤, 뱉어버리는 순간 엄마 마음은 실패해서 얼어붙은 저수지가 겨울 끝물을 이기지 못해 갈라졌단다 우리의 지친 어깨를 잠시 내려놓을 수 있는 식탁을 보여주고 싶었을 뿐인데

죽는 게 낫겠어 엄마는 이제 틀린 걸까 이 세계와 맞지 않는 사람이 되어가고 있는 걸까 접시를 치우면서 다신 내 입을 믿지 않으리라 내 입속의 혀는 딸과 아들을 더럽히고 아이들이 한낮의 거실을 제대로 걷지도 못할 때 욕조로 데려와 몸을 씻길 때 긴 손톱 때문에 어느 날 포악한 짐승처럼 등을 할퀴고 말아 지금도 스스로 볼 수 없는 생채기가 남아 있을 거다

딸과 아들은 내 의지로 태어나야 했기 때문에 너희들은 앞으로도 살아야 나중에 죽을 수 있다는 것을 배우지 고작 이런 시간이나 가르쳐야 했기에 따뜻한 미역국과 잡곡밥을 주고 싶었을 뿐인데 바다를 통째로 삼키는 줄 알았어 그럴 리가 없는데 냄비에 다시 부으면 미련 가지

지 말고 버려요 설거지를 하는 아들 진짜 걱정되는 건 엄마가 짠맛 단맛 신맛을 구분도 못하게 될까 봐 짠 걸 짠대로 먹고는 괜찮지 않은 걸 괜찮다고 할까 봐 그 잘못된 감각이 엄마의 시간을 도려낼까 봐

　엄마는 요새 가스 밸브도 제때 못 잠그고 반찬 통을 엎지르고 컵을 깨고 보온병에 매실이 아닌 간장을 담고 새로 산 옷을 버리고 머리를 감으면 머리카락이 한 뭉텅이 빠지고 했던 말을 까먹고 또 한단다 언젠가 이불을 개다가 이불 빨래를 하러 갈 수도 있겠어 마음이란 게 다 쓸모없어 그래도 딸아 아들아 우리 열심히 살자 돈을 모아 더 넓은 집으로 이사 가자 너희들은 나를 의심하게 될 테지만 엄마는 변함없이 너흴 먹여 살릴 궁리를 할 거다 엄마는 그래 단순하고 뻔해 국 새로 끓여 두었다 데워 먹어라

회복하는 자유

새벽에 이불을 질질 끌고서
몸을 덮어야 할 것을 찬 바닥에 깔고서
보일러도 틀지 않고 다 식은 보리차를 홀짝이면서

가슴 안에 자라 있는 멍울을 만진다는 것은
어릴 적 구슬치기로 잃은 구슬 하나를 찾으려는 일

어쩌면 영원히 증발하지 않고 촉촉이 살아남을 눈물방
울을 품는 일

눈물방울은 거위가 낳은 알이 아니지만
햇볕 속에서 보살핌을 받고 잘 자라
자신을 둘러싼 물껍질을 깬다

거기서 흘러나오는 세계는 이따금 이불 끝자락을 적
시고
화장실 타일 틈을 자유로이 타고
지붕이나 난간 같은 데에 필사적으로 매달리기도 한다

모두의 잠을 방해하지 않으려고 일일이 문 하나하나를
닫지만
닫힌 문에도 남아 있는 틈은 있어서
티브이 소리가 계속해서 들려오고
선잠이 은근히 발소리를 내며 거실과 부엌을 오가면
어느덧 누운 잠들은 발가락을 까딱이고
검은 방이 귀를 깨무는 것에 놀라 입술이 떨린다

음악을 하고 싶었던 아이는 음악을 포기한 채 지금껏
살아
트로트 가수 입 모양을 따라 하고 있다
다른 이의 목소리를 빌려 부르고 싶은 노래가 저마다
있을 테니까
그러다 정작 자신의 목소리를 내지 못하는 순간이 오
더라도

그것이 단순 지방 덩어리인지 섬유선종인지 악성종양
인지는
아무도 모른다

다음 주가 되어 손을 잡고 같이 있으면 알게 되겠지만

죽어가면서 살아가고 살아가면서 죽어가는
이 느낌이 그리 싫지만은 않아

결과에 최선을 다하기로 한다
다만 너무 걱정하지는 말자
불면에 귀 기울이는 잠이
언제고 치료할 준비가 되어 있으니까
난방비를 아끼지 말자
너무 지나치게 다름을 배려하지 말자
지금은 이기적으로 굴자

적당히 걱정하고 적당히 괜찮으면 된다
식사를 잘 챙겨 먹고
평소보다 일찍 퇴근할 것

어느 화복하고 단란한 가정은 잠시 존재를 지운 세계
를 상상한 것에 대해

죄의식을 느끼며 눈물을 흘린다

그중 어떤 눈물방울은 흐르지 않고
바닥에 금이 간 채 서 있다

세계는 세계를
아직 아무도 모른다

리모컨을 대신 집어 전원을 끈다
그 옆에 새근새근 잠들어 있는 희고 고운 얼굴
그 옆에 눅눅한 이불 끝자락

꽃무늬 접시 위 흩어진 포도씨들.

아주 그만두는 축소
── 꿈 흐지부지하기

    도와줄 수 있을 거란 착각과 오만으로 가득한 날, 새 똥이 후드득 떨어졌다. 다행히 그 자리를 걷고 있던 것이 아니어서 맞지 않을 수 있었지만 앞길을 조심히 걸어야 한다는 불편하고 귀찮은 선택지가 생겼다. 선택지가 생겼으니 선택하지 않는 편도 하나의 방법이 되었다. 갑자기 이렇게 많은 새똥이 한차례 쏟아진 날에는 무얼 하면 좋을까. 동네 친구들은 다 떠났으므로 축구나 테니스를 할 수 없다. 농구라도 하면 좋을 텐데. 언제나 점유율은 높았으나 골 결정력이 떨어졌지. 대신 목감천으로 가서 혼자 언제라도 할 수 있다는 장점이 있다. 잡지 않아도 좋다. 들어가지 않아도 좋다. 때 탄 손만 있으면 된다. 풍경이 어리둥절할 즈음, 옆에서 흐르는 물결이 좋아 물수제비라도 떠보려고 돌을 고를 것이다. 너무 큰 돌은 물을 얼마 걷지 못하고 가라앉으니 넉넉히 작은 돌로. 그렇다고 작은 돌이 물 위를 영원히 걸을 수 있는 것도 아니다. 어떤 마음으로 물 위에 돌을 던지는지는 이미 각자의 내면에 답이 들어가 있다. 작은 돌은 말할 것이다. 던지지 마. 제발 나를 놓아줘. 그냥 여기서 계속 죽은 척할 수 있게 해줘. 아주 최소한의 풍경만 남기고 가족과 친구는 떠난다. 정지한 물결은 빽빽한 산맥처럼 생겼으니 누군가 물 위에서 아래를 내려다보는 세계, 물 한가운데서 길을 잃어버리는 세계, 매일 부지런히 물길을 걸으며 건강을 관리하는 세계도 필요하다. 거리로 되돌아오면 여전히 더러운 거리. 깨끗했던 어제와는 달리 힘껏 더러워진 오늘. 찢긴 백야 조각들이 여기저기 흩뿌려져 있었다. 그래, 하얀 밤이었지. 차갑고 분주한 속삭임이었지. 그 눈빛이 마지막 애정이었지. 서로를 위해 나빠지겠다는 결심은 진창에 빠져버렸다. 흙비 대신 새똥이, 새똥 대신 지저분한 눈동자들이 터졌다. 오줌이 섞여 있는 시선들. 배설하지 못한 기억들이 시간을 분주히 건너뛰고 있었다. 점심을 먹으러 가는 정오의 햇빛과 함께 들이쳤을까. 하루 일과를 다 끝내고 샤워기를 트는 순간 떨어졌을까. 재수 없게 정수리에 툭 떨어져 빈 거리를 향해 쌍욕을 퍼뜨렸을까. 자연스럽게 터득한 법칙이나 원리를 통해 대륙을 횡단한다. 바다를 건너면서 새들은 생각할 것이다. 수평선을 대체 누가 그렸을까. 저 비참한 거짓을, 결국 다다를 수 없을, 있지 않음으로 있으려는 사후경직을. 새똥은 하얗고 표면은 뭉개진다. 요산과 배합되었다. 똥오줌을 못 가리는 태생이 인간의 발걸음이라도 주저하도록 열심히 쌌다. 그리고 자동차 앞 유리에 뿌려진 새똥만큼 찌그러진 비둘기들의 표면을. 삼차원의 세계에서 이차원의 세계로 이탈하는 죽음의 옆면을. 때마침 비활성화였던 구름이 활성화되었으니 그때 느껴지는 기쁨과 반가움은 이 거리와 조응할 수 없었다. 도와주지 못한 친구 중 한 명이었는데. 무얼 도와줄 수 있는데. 기어이 끝장내겠다는 건가. 그러나 아직까진 조심해야 할 정도다. 조심해야겠다. 이 거리에는 지금 오물이 너무 많다. 아스팔트와 흰 운동화가 맞닿아 있는 동시에 떨어져 있으니까. 그리고 방금 떨어진 저것은 수평선 너머로부터 던져진 새로운 방법.

일상적 배치

매일 아침 같은 시각에 열차를 기다리던 나와 그는 서로에게 익숙한 얼굴이었으므로 항상 왼쪽에 서는 나와 오른쪽에 서는 그는 각자의 자리를 이해하고 있었다 언제부턴가 그는 보이지 않았고 나의 오른편엔 다른 사람이 서 있었다 그리고

꽤 긴 시간이 흘렀음에도 나는 어둠 속에서 그를 정확히 알아보았다

그는 벤치에 앉아 있을 뿐이었다 밤은 그를 방관하듯이 팔짱을 끼고 바닥에 내팽개친 그의 가방을 지그시 밟고 있었고

로댕의 생각하는 사람처럼 턱을 괴고 있었지만 그에겐 아무 생각이 없어 보였다 실패한 생각 속에서 조각상은 완성되었고 이 자세엔 의미가 없다 다만 실수로 갖게 된 표정을 누구에게도 들키고 싶지 않았을 것이다

그때 내 뒤에서 차가 빵, 소리를 냈고 그는 빛에 감싸

여 우물쭈물 서 있는 나를 잠깐 쳐다보다가 가방을 들고 저 멀리 골목 끝으로 걸어갔다

　문이 다 닫히면 그제야 문고리를 놓았다 발뒤꿈치를 들고 천천히 방으로 갔다 매번 알고도 눈감아주는 이유가 뭘까

　창문을 열어 고개를 내밀어봤지만 골목엔 잎이 떨어지는 소리만 가득했다 그가 어디로 갔을지 안다고 해도 나의 손과 발은 기척을 들키지 않으려고만 하는데 돌아오는 아침마다 어떤 오른편은 영원히 채워질 수 없다고 중얼거리겠지만

　그가 서두르지 않았으면 좋겠다 불을 끄지 않은 방을 보고 조금이나마 걷는 길이 덜 어두웠으면

　제 키보다 낮은 난간은 위험하다 떨어질 수 있어서 그러나 그것을 잘 붙잡고 있으면 괜찮다 안전해질 수 있다면 풍경은 먼 풍경으로 남아 있을 줄 알았는데 어느새 당

도하는 것

　자기 앞에 놓인 길만 보느라 옆을 까먹은 얼굴들 세상
에 이렇게나 많은 폭우가 여태 내 뒤에서만 쏟아지고 있
었다니

이제 다 지나갔다 남은 것은 단 하나
— 꿈 미련하기

나는 코엑스나 박물관처럼 큰 어떤 건물 앞에 있다
여기는 굉장히 넓으므로 광장이란 느낌을 단박에 준다
바람이 너무 많이 불어서 스티로폼 상자들이 도로 위
에 굴러다니고

나는 어떤 무리와 함께 있는데
내가 속한 무리가 어떤 성격을 가지고 있는지는 알 수
없다
경사진 도로에 모여 보드를 타려고 모인 것인지
사회학자이자 철학자인 작가의 책을 읽고 삶의 의미를
찾으려는 것인지

다만 확실하게 기억할 수 있는 인물은 k다

k는 그 건물 안에 있는 작은 방에 갇혀 무언가를 지키
고 있다
내게 무엇을 지키고 있다고 말했지만 목소리가 들리진
않고
실은 k에게 처한 상황 자체를 어떻게 받아들여야 할지

모르겠고

　지키고 있는 것은 분명 지켜야 하는 것으로서 납득할
만한 물건이었다

　방을 감시하고 있던 남자 둘
　그만 나와도 된다는 신호를 주고 사라진다

　k는 방을 나오면서 내게 「가을」을 봐야 한다고 말한다
　「가을」은 지금 극장에서 흥행하고 있는 영화인데 감독
의 연출과 시나리오가 훌륭하다고 한다
　우리는 극장 쪽으로 몸을 돌리려는 참이다

　너무 큰 주차장에서
　우리는 특정 무리를 경계하면서 피해 다닌다
　걸리면 큰일이 날 것이다
　우리 역시 한때 무리에 속해 있었지만 지금은 이탈한
것으로 보인다
　그래서 발각되면 다시 그 무리에 합류되어
　이전과 똑같은 삶을 살게 될지도 모른다

그럴 수는 없다

우리는 간신히 그들을 피해 광장으로 돌아온다

얼굴과 이름이 매우 낯선 친구들을 만난다

그 친구들이 저 건물에서 잘 놀았냐고 묻는다

k가 광장 한가운데에 있는 나선형 계단을 오르기 시작한다

올라갈수록 우리는 드넓은 시야를 얻어 광장 전체의 전경을 알게 되고

끝없는 계단을 오르는 도중에 사진도 함께 찍고 무언가를 뭉치고 그것을 던진다

흰빛을 휘감는 입구에서 k는 한 가지를 선택한다

k의 몸이 흰빛으로 변하면서 더 높은 곳으로 사라진다

k의 사라짐은 나의 위치가 더 낮은 곳에 속했음을 단번에 보여준다

우리는 각자의 위치에서 일일 선생이 되어야 하는데

k는 아이들에게 태권도를 가르쳐야 하고

나는 아이들에게 죽음의 가치를 가르쳐야 한다
특히 내가 사용할 수 있는 소품이라곤
불과 연필, 개구리와 팬티, 접속사의 쓰임 같은 것뿐
이다

정오를 간신히 넘긴 시간
햇빛은 블라인드 사이로 슬며시 방 안을 비집고 들어
와 내 목덜미를 들어 올린다
어제 붙인 세 개의 포스터와 스크랩한 신문 기사 한 면
이 벽에 붙어 있다
k는 버려진 지 오래되었고
다음에 기회가 된다면 한낮의 극장에서
k와 「가을」을 보고 싶다
정말 가을에

말로 다 못 풀 만큼 복잡한 이야기를 겪었으므로
잠을 푹 자지 못한 것이다

기도는 너를 받아 적는 것

구원은 나를 잊어내는 것

너는 내 옆에 있고 나는 네 옆에 없다

순수한 상태란 없으므로 우리는 입을 찢어야지

따사로운 여름의 산책로에서
사람들이 피겨스케이팅을 한다
발끝으로 얼음 가루를 날리다가 눈보라를 일으키며
높이 솟아오르고 있다
이 세상 사람들이 아닌 것처럼 아름답다

카페에서 책을 읽고 있었는데
다급히 나를 찾는 목소리

집으로 뛰어가는 길에 보인다
난간을 붙잡고 타오르는 불길 속에서 울고 있는 가족
시간을 힘들어하는 모습

나는 철제 사다리를 구해 와 그들을 내려오게 한다
온몸이 검게 그을린 그들을 차에 태운다
전조등이 고장 났다는 사실을 아무도 눈치채지 못한다

주어를 어느 손으로 쥐어야 할까
바다에는 왜 발자국이 찍히지 않을까

왜 갑자기 홀린 눈빛으로 내 책상을 뒤지기 시작하니
물컵을 쏟고 스탠드를 치고 팔꿈치가 모서리에 찧어
아프고
얼마나 웃긴 소란을 일으키고 싶은 거니
왜 접속사를 엎지르니

사라진 것을 찾으려는 건지
이미 사라졌다는 사실을 확인하려는 건지

그 눈빛은 이제 더 찾지 않는다

말을 해, 말을

신문에서나 봤던 사람을 만났다

나는 사람이 너무 반가워서 그를 배경에서 윤곽에 맞게 잘라내었다

오려진 그를 흔들자 공중에 펄럭인다

그는 미소를 찾는 중이었다고 한다

그리고 지금 내 옆에 있는 k는

숨을 거의 다 쉰 것 같다

버려진 LP를 틀자

바늘 긁히는 소리밖에 나지 않는다

음악을 기대한 잘못이다

나는 펑펑 울면서 당신의 발바닥을 핥는다

당신은 흔들의자에 앉은 채 편히 자고 있다

무엇이든 해줄게

원하는 대로 바라는 대로

더 비참해질게

(을/를)
목적어를 삭제하세요

모빌만 보면 우는 아기
어제 막 뒤집기에 성공한 아기가
반쯤 넋 나간 표정으로 맨홀을 향해 성큼성큼 걷다가
추락한다
예쁜 우리 아기

아무 장면도 꾸지 않고 잘 잤습니다
눈앞이 온통 어두웠고요
그래서 딱히 할 말은 없습니다만
일어나도 까먹지 않기 위해 내내 중얼거렸던 말
"깊이 묻어야만 하지……"

k를 처음 만난 날
다짜고짜 사진을 같이 찍자고 했다

나는 멋쩍게 웃었고

k는 내 어깨에 손을 올렸다

목덜미를 움켜쥐다가

제 무릎을 누르며 숨을 헐떡였다

어디 아프냐고 묻기도 전에 k가 괜찮다고 말했다

k는 그 이후로

간밤에 꾸었던 모든 이야기들을 내게 들려준다

그 영화 어떻게 끝나더라

알고 싶다

보고 싶다

k에게

안식이 온다면

두물머리에서 우리는
희망에 대해 말한 적이 있지

어서 시간이 다 지났으면 좋겠어요
아픈 몸도 다 나아서
조만간 주말마다 등산을 할 수 있을 테고
쉬운 산부터 차근차근 올라 손을 맞잡고 꽃구경 나무
구경
개울 흐르는 소리 산새 지저귀는 소리 다람쥐가 돌무
더기 틈에서 부드러운 꼬리를 쓸어내리는 소리
다 들을 수 있을 텐데
우리는 정말 무엇이든 할 텐데

잃어버렸던 사탕 봉지를 찾은 기쁨,
그러니까 시간은 입속에서 굴릴 때만 아주 달콤하고
사라지고 나면 계속 찾게 되지

이곳으로 모여드는 가족과 친구와 연인이 무척 아름
답다

우리가 진짜 결혼할 수 있을까?

집을 갖고 돈을 모으고 예쁜 동네 카페를 찾아다니고 아이를

우리가 죽고 없는 세상도 차분하게 살아갈 수 있을 사랑을

낳을 수 있을까?

우리에게 충분한 자격이 주어졌을까?

물과 물이 흘러내려서 만난대

옛날에는 나루터로도 쓰였고

이른 아침에 피어나는 물안개와 설경과 일몰이

눈부시도록 아름다워서

다들 고백하고 기념하고 간직하려는 거야

눈부시도록 후회해서

저 느티나무가 4백 년 넘게 자리를 지키고 있는 거야

커피 다 마셨으니 핫도그나 먹을까

케첩과 머스터드소스를 골고루 뿌려줄게

그사이 바람이 훅 불어닥치면

수양버들이 너머의 산자락을 빗어주었지

움직임을 멈추면 꼭 어디선가 내리고 있던 비의 일부를 훔쳐온 것 같아

있는 그대로 다시 폭우의 세계에게 되돌려주고 싶다고도 말했지

우리가 원하는 만큼 시간은 다 흐르고 만 걸까?

지금부터 희망을 다시 말해보아도 좋을까?

그러나 반지를 끼워줄 손은 어디에 있지?

동호회 아주머니들을 보며 나도 나중에 나이 들면

자전거 타면서 풍경 사진 찍고 싶다고 그렇게 살고 싶다고

미소를 짓던

옆모습은 어디로 갔지?

오랜만에 다시 온 이곳에선 여전히 물과 물이 만나

시간과 시간이 만나는 곳을 천국이라고 부르겠다면

우리는 서로에게 피안이 되지 말았어야 했는데

따라 죽었어야 했는데

놀랍도록 희디흰 숨은 생생하게 흩어져
연잎 위로 내려앉네
그런 숨들이 여긴 가득해, 우리가 되지 못해서
태풍을 기다려 차라리 쓸려버리고 싶은

그곳에서 폭우의 세계를 찾았니
비를 돌려주었니

이곳의 너머가 그곳이라면
희망은 이미 달아나는 중인 건가?
어차피 못 잡을 걸 알면서 뭐 하러 부르고 재촉하지?
이 많은 가족과 친구와 연인은
어떤 확신이 있길래 저마다 한 손에 약속을 쥐고 있지?

물안개가 가리고 싶어 하는 아침 속에는
얼마나 많은 마음이 부서졌지?

유력한 사람

달려가겠어
긴 치맛자락 펄럭이며 어깨에 닿는 물방울들 떨어뜨
리며
하이힐 뒷굽이 진흙탕에 움푹 박히도록
유속이 느린 강물 같은 검은 머리카락을 찰랑이며
젖은 발목은 완전히 구겨지도록

미래를 꾸준히 실천하는 우리는 아픈 말들을 숨기면서
사니까
하나도 남김없이 으스러지도록 꽉 안아주겠어
귓불을 만지면서 여길 떠나자 어디든 달아날 수 있게
마음을 계속해보겠어

위도와 경도를 무시하겠어
사과가 태양일 때 지구는 먼지
그 속에 사는 우리가 얼마나 더 작게 웅크리고 있는지
모르겠으니 남은 약속 지키기 위해 주저하지 않겠어

셔츠 단추를 몇 개 푼 다음 숨을 고르겠어

아무 전화도 받지 않고 달려가겠어
낯선 곳도 더 이상 무서워하지 않겠어
나를 발견할 수 있도록 다가올 수 있도록
모든 낮과 밤을 이끌고 달려가겠어
덤불이든 쇠창살이든 담벼락이든
모조리 없애고 투명해지겠어

끝을 내기 위해 시작하겠어
우리가 왜 우리겠어
희박한 빛만을 모아 밝아지겠어
얘기를 들어주고 모두 털어내겠어
보고 싶었다고 말하겠어 뒤돌아보지 않겠어
이 순간만큼은 즐거웠으면 좋겠고
나타나주었으면 좋겠어
받아주었으면 좋겠어

깨진 무릎을 감추고 무사히 네게 닿겠어
김 서린 안경을 벗고 이렇게나 많은 비가 내리는 날
가져온 우산을 씌워주겠어

미끄러운 너의 이름을 건다 내밀어주는 두 손 잡고
우리의 사랑이 엉키고 나약해지는 춤 기꺼이 추겠어

여백 화자

이제 남은 것은
쓰레기통 속 처박힌 사진들과
벌어진 칫솔모의 기울기와 잠옷에서 나는 체취와
동화처럼 남을 이야기와
장마처럼 지나간 엽서들과
빛 번짐, 창가에서의 포옹들과
실반지를 잃어버렸다는 최초의 자각과
함께 들었던 재즈의 역사와
어둠 속에서의 흐느낌과 다독임
쓰고 남은 인센스 스틱과 기다림―그 끝이 사랑을 도
려내는 일일지라도
사라지는 책임과 폐기되는 약속뿐

몇 걸음도 못 가 자꾸만 풀려버리는 신발 끈
귀찮은 매듭
꼿꼿한 허리
담장 위 갸르릉

여기까지

여기까지.

다시는 이제부터

지금부터 기차를 기다리는 몸이야
약속된 시각에 오는 기차에 올라타
지정석에 앉아야 하는 몸이야

한 걸음 뒤로 물러나면
아직은 이 역을 통과하는 기차가 빠르게 지나가고 있고
전선이 떨리고 올리브 치마가 휘날리고 벚꽃 잎이 흩
날리고

차창 속으로 흡수되었다가
툭툭 끊기는 육체가 즐거워지는 중이야

몸의 어리둥절
상실을 납득할 수 없는 몸
표정은 종종 마음을 속이기도 해서

올바르게 가고자 하는 기차야
다시는 계속 기다림과 부딪치고 끊어지는
쓸쓸하고 썰렁한 영혼이야

바람은 불빛과 돌무더기와 펜스를 흔들지 못하니까
기다리는 몸에라도 서성이는 걸까
머리카락을 물고 달아나려는 바람이야

타야 할 기차는 오고
자리를 찾는 동안 한 사내가
기차 계단 위에서 엄마를 끌어안으며
눈을 꼭 감으며
괜찮아요, 말하고

창가에 앉아 가방을 빈 옆자리에 놓으니
그 사내는 밖에서 손을 흔들고 있어

달리는 기차 밖으로 멀어지는 몸이야
오랫동안 기차를 기다렸던 몸이야
코 고는 소리만 쌓이는 객실이야

도로 위의 차들과 공중을 나는 연

강 아래 거꾸로 쏟아지고 있는 도시의 건물과 조명이
투명한 얼굴을 지나치고
들판과 산이 해를 숨기는 중이야

움직이지 않으면서도 어디론가 가고 있어
움직이는 순간부터 기다림은 끝이야

텅 빈 대합실
문이 닫히자마자
두 귀를 가득 채우는 고요

누굴 만나려는 건 아니야
당분간 소멸은 아니야

다시는 기다려봤자
그 무엇도 오지 않는 몸이야 중이야 아니야

총체적으로 이해하기

김정빈
(문학평론가)

0.

많은 시간을 함께 나눈 누군가가 있다는 것은 참 고맙고 애틋한 일이다. 오랜만에 친구를 만나서 반갑게 인사하고, 작은 탁자를 사이에 둔 채 음료 하나씩 쥐고 마주 앉으면, '우리 이런 일도 있었지 저런 일도 있었지' 하며 추억을 한가득 팔게 된다. 그러다 마침내 짧은 침묵이 찾아오는데, 그때엔 문득 탁자 위에 추억이 형겊처럼 한가득 쌓여 있는 듯해서 그래, 이토록 오랜 시간을 우리 함께 지나왔구나, 하며 건너편 친구가 애틋해지는 마음이 울컥울컥 돋아나는 것이다.

느닷없는 연락에도 흔쾌히 만나주는 친구들한테서 깊은 사랑을 느끼지만, 잊고 있었던 과거의 내 모습을 발견할 때도 사랑이 새로이 피어난다. 여러 핑계로 연락이 끊겼던 시간 동안, 친구는 과거의 나를 고이 들고 있다가 드디어 나를 만나 한 조각씩 꺼내어 보여준다. 그러면 나는 '맞아, 내가 그랬지. 조용한 친구를 보면 이상하게 웃기고 싶었지. 절대 회사는 안 다닐 거라고 큰소리치고 다녔지. 나중에 음반을 내자면서 앨범 커버도 만들었지' 하며 새삼스럽게 놀란다. 분명 내가 다 겪고 지나온 시절인데도 보지 못하던 것이 있었고, 잊고 있던 것이 있었고, 이제야 이해되는 부분들도 있었다. 그런데 옛날 일들을 충분히 되짚고 나면 이상하게 내면이 충만해지는 기분이어서, 눈앞의 친구도 사랑하고 스스로를 좀 사랑할 수 있고 앞으로도 잔뜩 사랑할 준비가 된 것만 같다.

그래서일까. 시인이 한 장 한 장 건져낸 풍경들도 그가 지난 일들을 되짚으며 사랑할 준비를 하고 있다고 느껴진 것은.

1.

"골프입니다" 하면서 전단지를 내미는 할머니들

아직 비가 내리는 줄 알고 우산을 쓰며 걷는 사람들

"비 안 와요. 우산 더 안 써도 돼요" 하면서 전단지를 계
속 내밀고
누굴 기다리느라 옆에서 10분 넘도록 책을 읽는 사내에
게는 전단지를 내밀지 않는다

우산을 접으며
우산을 펴며
끊임없이 발소리를 내는 사람들

[……]

사람이 사람을 지나친다고 해서
시간이 교차하는 것은 아니다

누군가를 기다리기 위해 들고 있는 시집을
가끔씩 툭툭 건드리는 어깨들이 있다고 해서
기다리는 사람이 곧장 나타나는 것도 아니다

다만 모르는 얼굴이 또 하나 늘어나고
어디까지 읽었는지 잠시 까먹을 뿐이다

[······]

그리고 잠깐 다른 곳을 보고 있던 사이에
사내가 어디론가 가고 없다

시집을 덮고 반가운 얼굴로 기다렸던 사람을 만난
사내의 모습을 그려볼 수도 있겠지만
그 순간을 놓친 자에게 영원이란 행방불명일 것

손에 쥔 전단지를 다 돌린 할머니들이
검은 봉지 속에서 잡히는 대로 한 묶음을 새로 꺼낸다

어쩌면 이번 겨울은 좀더 따뜻하게 보낼 수 있을지도
눈빛들이 얽히는 파장 속에서
기워볼 만한 순간들은 다 기워봐야지

젖은 풍경은
햇볕에 잘 말리기.
―「극세사」 부분

순간 포착의 미학은 낯섦에 있다. 흔한 비 오는 날의
지하철 풍경이더라도 순간으로 남게 되면 어딘지 모르
게 생경해진다. 분명 전단지를 내미는 할머니도 시집을

읽고 있는 사내도 언젠가 한 번쯤 봤을 법한 모습이라 일상적이기까지 하다. 그러나 "사람이 사람을 지나친다고 해서/시간이 교차하는 것은 아니"라는 점을 떠올려보라. 직접 어깨가 부딪쳐 "툭툭 건드리는" 사람들도 "모르는 얼굴"로 남을 수 있는데 수많은 사람 중에서도 하필 시집을 읽고 있는 사내가 눈에 들어오고 전단지를 새로 꺼내 쥐는 할머니들이 보이는 것은, 말하자면 풍경에 반해 자신만의 구도와 색감으로 사진을 찍는 일과 같다. 여러 번 마주했을 풍경이 더 이상 평범하지 않고 생경한 모습이 되는 일이다.

나무나 하늘이 아니라 하필이면 사람을 포착하는 것은 공간뿐만이 아니라 시간적 우연도 필요하다. 사람과 사람이 교차하는 작은 "순간"은 놓치면 영영 "행방불명"이기에. "잠깐 다른 곳을 보고 있던 사이에"도 "어디론가 가고 없"어질 사람을 순간으로 남겨 기억에 담는 일은, 괜히 운명처럼 느껴지기까지 하는 것이다.

그리고 기억은 순간으로 남는다. 두고두고 기억에 남을 만한 하루라도 가장 강렬했던 몇몇 장면만 보관되기 마련이다. 이를테면 잘못 밟은 캔이 "선잠이 든 길고양이의 꼬리 쪽으로 튕겨져 나가"는 모습이라든가, "제빙기가 만든 얼음들을 꺼내다/각 얼음 하나를 떨어뜨"리는 장면, 딸기케이크를 꺼내다가 "실수로 유리에 생크림이 부딪"히는 장면이나, "골대를 철봉 삼아 매달렸다가"

"허공에 떠 있는 발 아래로 느리게 공이 지나"(「반감」)가
는 순간들로 남는다.

> 나는 방금 찍은 풍경을 다른 각도로 바라본다. 다른 풍
> 경이다.
>
> ──「우린 아무 사이도 아니다」 부분

　과거의 기억 중에 가장 마음을 녹였던 풍경을 떠올려
보자. 혹시 사진이나 시선이 고정된 영상의 형태를 떠올
리지 않았는가? "길을 걷다가 보이는 가을 나무와 구름
이 예뻐서 사진을 찍"으면 곧 그 사진을 풍경으로 기억
하게 된다. 그러나 사실 풍경의 본질을 떠올려보면 그
저 장소 그 자체다. 사진을 찍을 때는 내가 그 풍경의 바
깥에 서 있지만, 사진을 찍지 않고 길을 걸어가면 나 또
한 풍경의 일부가 되기도 하고 고개를 살짝만 돌려도 아
주 다른 풍경이 펼쳐지기도 한다. 그러므로 입체적인 장
소를 사진이라는 단면으로 남기고 나면 당연히 그 단면
에는 담기지 않는 풍경의 다른 모습들이 있다. 말하자면
풍경 사진은 이미 왜곡된 모습이므로 다른 각도로 바라
보았을 때 다르게 보이는 것이 가능한 셈이다.
　'풍경 사진 찍기'를 '기억하기'로 치환하면 이런 문장
이 가능해진다. 사람과의 기억을 떠올릴 때 어떤 운명적
인 느낌에 속아서, 또는 밉거나 좋거나 당시의 감정에

압도당해서 단 한 번 포착한 순간만을 그대로 간직한다면 기억의 오류에 빠지게 된다. "몇 걸음 떨어져 앉는" 것이 "관점에 따라 나란히 앉았다고"(「나는」) 보일 수 있듯이 사람과의 관계는 돌이켜보면 돌이켜볼수록 단정 짓기 어렵다. 장면들을 이렇게 이으면 좋게 보이고 또 저렇게 이으면 나빠 보이는 것이다. 기억이란 사실 "담기는 모양에 따라 모양을 가지는 것"(「불순물」)이므로 왜곡을 정정하기 위해서는 시간을 두고 여러 번, 기억을 돌이켜보아야 한다.

2.

겁 없이 샹들리에가 떨어졌다

나사가 뽑히지도 톱날 따위에 철사가 끊긴 것도 아닌데

정말 겁도 없이 샹들리에는 식탁 한가운데로 떨어져

손거울을 깨부수고 파편이 사방으로 튀어

벽을 긁고—썩은 눈동자들이 줄줄이 흘러나왔다

보이는 책마다 표지를 북북 찢고—아직 다 읽지 못했는데!

파티를 망치는 샹들리에

저마다 불온한 색을 입고 분화된 수정구들이

차려진 음식을 게걸스럽게 처먹다 도로 뱉어냈고

촛대들, 살롱을 이리저리 헤집으면서

불씨를 다시 살릴 만한 것을 찾느라

점점 더 굳어가고 있었다

─「유산」 부분

「유산」은 이러한 오류를 발견하고 피하기 위해 취할
수 있는 하나의 방식을 보여준다. 시인은 샹들리에가 추
락하는 순간을 반복해서 되돌리며 그 순간을 매번 다른
각도로 곱씹는다. 샹들리에가 식탁으로 떨어지는 수직적
시각에서 끝나는 것이 아니라, 그 파편이 튀어 나간 다른
공간들──손거울, 벽, 책 표지, 촛대들──을 차례로 살핀
후에야 그 사건은 총체적으로 재현될 수 있다. 이는 기억
을 장면이 아니라 장소, 공간으로 이해하는 일과 마찬가
지다. 그렇게 여러 번 살펴보고 나면 비로소 샹들리에가
"겁이 없었고/파티를 망"쳤다는 판단이 가능해진다.

기억의 오류를 정정하는 것이 중요한 이유는 과거를
과거로 두고 지나칠 수 있게 되기 때문이다. 기억을 사
진으로만 남겨 고정불변한 것으로 여기게 된다면 "움직
이는 모든 것은 순간의 풍경을 죽이며 나아간다는 무의
식적 합리성에 빠"(「갈변하는 과일 속 안온함」)질 수 있
다. 이를테면 한 풍경에 미련과 애착이 강한 나머지 다
음 풍경으로 넘어가질 못하고 결국 그 시간에 계속 머물
러 있게 된다. 예를 들어 이 시집의 다른 작품 「유월의

일들」은 "5분 뒤에도 50초 뒤에도 5초 뒤에도 나는 계속 될 것"이고 "내가 나를 구질구질하게 반복하고 있을 것이"라는 예견 아래 자신의 미래를 시간 단위로 오차 없이 그려낸다. 하지만 아무리 반복되기로 예정되어 있더라도 미래는 본질적으로 예측 불가능하므로, 이토록 상세하게 자신의 모습을 그리는 일은 과거의 자신을 더 과거로 돌아가 미래적으로 그리고 있는 중이라 보는 편이 옳을 테다. "다음 세대 다음 세기"(「꽃꽂이」)로 나아가지 못하고 과거에 매인 채 과거를 미래로 착각하는 셈이다.

> 사람과 만나고 사람과 헤어지고 사람과 죽는 일
> 다음 세대 다음 세기가 있어야만
> 우리는 비로소 지난 일이 될 수 있다
> ──「꽃꽂이」 부분

> 장미의 숨을 꺾을 수는 없겠군
> 줄기를 자르면 장미는 자생력으로
> 다시 줄기를 자라게 할 수 있군
> ──「열매는 못 봤지만」 부분

꽃은 잠깐 피고 진다는 점에서 존재가 아니라 사건에 가깝다. 꽃은 줄기가 꺾이면 지난 일이 되어 "몸이 바싹 마르"게 된다. 그럼에도 이 시에서 꽃은 "아무렇게나 의미하"라며 스스로의 몸을 타인에게 의탁하는 모습을 보인다. 기꺼이 사건을 마무리하고 지난 일이 되기를 받아들이는 듯하다. 이렇게 꺾이고 장식된 꽃은 다른 작품 「열매는 못 봤지만」에서 총체적인 모습으로 기억된다. 이 시에서 장미는 각 행마다 각각 다른 장면으로 그려진다. 첫째는 온전히 핀 장미이고, 둘째는 줄기를 자르는 장면이며, 마지막으로 다시 줄기가 자라나는 모습이다. 크게 세 단계의 과정이 총체적으로 조합되며 비로소 꺾인 꽃다발이 아니라 장미 그 자체로 이해될 수 있는 것이다.

기억은 순간으로 남지만 그 기억을 여러 번 들춰보고 자신만의 의미를 갖추면 기억은 추억이 된다. 추억은 순간들이 차곡차곡 쌓여 오히려 모든 시간을 오갈 수 있는 공간과도 같다. 그러니까 지나간 일은 장면이 아니라 공간으로 남았을 때, 그래서 언제나 총체적으로 재현이 가능할 때, 그러니까 그 당시의 목격한 장면과 더불어 돌아보았을 때에만 보이는 새로운 각도의 모습들이 모여 마침내 추억으로 남았을 때 비로소 과거가 될 수 있다. 그러면 지금 당장 꺾인 상태의 꽃을 두고 "아무렇게나 의미"(「꽃꽂이」)를 붙이는 것은 중요치 않게 된다. 공간을 이해한 자는 사진이 어떻게 찍혔는지 상관하지 않기 때문이다. 과거를 총체적으로 이해한다는 것은 결국 미련 없이 다음으로 나아갈 토대가 된다.

3.

얇은 창호지 문 너머로 한 사람의 실루엣이 걸어오는
것을 발견하자 더 이상은 안 되겠다, 도망칠 곳이 없다, 목
숨을 부지하는 것도 여기까지다, 생각하고 자포자기 심정
으로 문을 열었다. 첫사랑이었다.

—「오지 말아요」 부분

첫사랑은 처음으로 사랑을 느꼈던 대상을 지칭하기도
하지만 처음으로 사랑을 느꼈던 그 모든 시간을 이르는
말이기도 하다. 사실 위 시에서는 "첫사랑"과 말을 주고
받고, 키스를 하고, 허리를 감싸며, 무엇보다도 "첫사랑"
을 보고 싶어 하므로 "첫사랑"을 인물로 이해하는 것이
더 자연스러울 테다. 또 다른 시 「버금가는 날들」에서 등
장하는 "첫사랑"도 인물을 의미하지만, 의미 체계를 최
대한 늘려 유연하게 해석해본다면 "얇은 창호지 문 너머
로 한 사람의 실루엣"을 발견하고 "자포자기 심정으로
문을 열었"던 그 행위 자체가 첫사랑이라고 볼 수도 있
지 않은가. 누구인지 잘 알지 못하는 사람에게 문을 열
어주어 내 안으로 들이는 일. 어떤 첫사랑은 무언가 잘
못을 저지르고 있는 것 같다는 예감과 함께 긴장이 공포
처럼 덮쳐오는 모습일 수도 있는 것이다.
　사랑을 하는 방식은 여러 가지가 있다. 누군가를 열렬

히 지지할 수도 있고, 누군가가 품고 있는 세계에 기꺼이 자신을 내던지기도, 반대로 누군가의 세계를 조심히 보존하면서 자신의 세계에 초대할 수도 있다. 이 모든 방식에서 공통된 점이 있다면, 사랑은 누군가를 온전히 받아들이고자 하는 욕망이다(자신의 존재를 기꺼이 내던지는 것 또한 상대방을 온몸으로 받아내는 행위이기 때문이다). 이는 애인을 억지로 변화시키려고 해서는 안 된다거나 애인에게 내내 한결같아야 한다는 말이 아니다. 사람은 필연적으로 변한다. 다만 누군가를 사랑한다면 지금 사랑에 빠진 순간의 당신과, 지금의 당신을 만들어준 당신의 과거도 사랑하며, 함께 시간을 보냄에 따라 차츰 변해갈 당신의 미래까지도 사랑하게 된다. 말하자면 사랑은 한 사람의 생애 전체와 관계 맺는 일이다.

　　맛있는 저녁 식사를 해주고 싶었는데 너희들이 숟가락으로 국을 떠 맛을 보고는 퉤, 뱉어버리는 순간 엄마 마음은 실패해서 얼어붙은 저수지가 겨울 끝물을 이기지 못해 갈라졌단다 우리의 지친 어깨를 잠시 내려놓을 수 있는 식탁을 보여주고 싶었을 뿐인데

　　죽는 게 낫겠어 엄마는 이제 틀린 걸까 이 세계와 맞지 않는 사람이 되어가고 있는 걸까 접시를 치우면서 다신 내 입을 믿지 않으리라 내 입속의 혀는 딸과 아들을 더럽히고

아이들이 한낮의 거실을 제대로 걷지도 못할 때 욕조로 데려와 몸을 씻길 때 긴 손톱 때문에 어느 날 포악한 짐승처럼 등을 할퀴고 말아 지금도 스스로 볼 수 없는 생채기가 남아 있을 거다

　딸과 아들은 내 의지로 태어나야 했기 때문에 너희들은 앞으로도 살아야 나중에 죽을 수 있다는 것을 배우지 고작 이런 시간이나 가르쳐야 했기에 따뜻한 미역국과 잡곡밥을 주고 싶었을 뿐인데 바다를 통째로 삼키는 줄 알았어 그럴 리가 없는데 냄비에 다시 부으면 미련 가지지 말고 버려요 설거지를 하는 아들 진짜 걱정되는 건 엄마가 짠맛 단맛 신맛을 구분도 못하게 될까 봐 짠 걸 짠 대로 먹고는 괜찮지 않은 걸 괜찮다고 할까 봐 그 잘못된 감각이 엄마의 시간을 도려낼까 봐

　엄마는 요새 가스 밸브도 제때 못 잠그고 반찬 통을 엎지르고 컵을 깨고 보온병에 매실이 아닌 간장을 담고 새로 산 옷을 버리고 머리를 감으면 머리카락이 한 뭉텅이 빠지고 했던 말을 까먹고 또 한단다 언젠가 이불을 개다가 이불 빨래를 하러 갈 수도 있겠어 마음이란 게 다 쓸모없어 그래도 딸아 아들아 우리 열심히 살자 돈을 모아 더 넓은 집으로 이사 가자 너희들은 나를 의심하게 될 테지만 엄마는 변함없이 너흴 먹여 살릴 궁리를 할 거다 엄마는 그래

단순하고 뻔해 국 새로 끓여 두었다 데워 먹어라
──「엄마의 입맛」 전문

국을 열심히 끓였는데 자식들이 "맛을 보고는 퉤, 뱉어버"린다. 물론 자식들은 나쁜 마음으로, 또는 버릇없어서 국을 버린 것이 아니다. "요새 가스 밸브도 제때 못 잠그고 반찬 통을 엎지르"며 기억을 잃어가는 엄마가 미각도 흐려져 "짠맛 단맛 신맛을 구분도 못하게 될까 봐 짠 걸 짠 대로 먹고는 괜찮지 않은 걸 괜찮다고 할까 봐" 걱정되는 마음으로 국이 짜다고 알려주고자 뱉은 것이다. 그럼에도 마음이 저린 것은 어쩔 수 없다.

엄마는 아이가 자신의 마음을 저리게 할 때도 아이를 사랑한다. 아이 때문에 속상하고, 몸을 씻기다 할퀴기라도 하면 두고두고 미안해할 정도로 아이를 소중히 사랑한다. 그래서 자신의 마음이 저리더라도 "엄마는 변함없이 너흴 먹여 살릴 궁리를 할 거"라며 다시 국을 끓인다. 엄마는 아이가 태어날 때부터 잘 자랄 수 있도록 보살피고, 자랑스러울 때뿐만 아니라 속을 썩일지라도 성장하는 아이의 삶 전체를 사랑한다. 그러니까, 누군가를 총체적으로 이해하는 일은 결국 사랑이다.

달려가겠어
긴 치맛자락 펄럭이며 어깨에 닿는 물방울들 떨어뜨리며

하이힐 뒷굽이 진흙탕에 움푹 박히도록
유속이 느린 강물 같은 검은 머리카락을 찰랑이며
젖은 발목은 완전히 구겨지도록

미래를 꾸준히 실천하는 우리는 아픈 말들을 숨기면서
사니까
하나도 남김없이 으스러지도록 꽉 안아주겠어
귓불을 만지면서 여길 떠나자 어디든 달아날 수 있게
마음을 계속해보겠어

위도와 경도를 무시하겠어
사과가 태양일 때 지구는 먼지
그 속에 사는 우리가 얼마나 더 작게 웅크리고 있는지
모르겠으니 남은 약속 지키기 위해 주저하지 않겠어

셔츠 단추를 몇 개 푼 다음 숨을 고르겠어
아무 전화도 받지 않고 달려가겠어
낯선 곳도 더 이상 무서워하지 않겠어
나를 발견할 수 있도록 다가올 수 있도록
모든 낮과 밤을 이끌고 달려가겠어
덤불이든 쇠창살이든 담벼락이든
모조리 없애고 투명해지겠어

끝을 내기 위해 시작하겠어

우리가 왜 우리겠어

희박한 빛만을 모아 밝아지겠어

얘기를 들어주고 모두 털어내겠어

보고 싶었다고 말하겠어 뒤돌아보지 않겠어

이 순간만큼은 즐거웠으면 좋겠고

나타나주었으면 좋겠어

받아주었으면 좋겠어

깨진 무릎을 감추고 무사히 네게 닿겠어

김 서린 안경을 벗고 이렇게나 많은 비가 내리는 날

가져온 우산을 씌워주겠어

미끄러운 너의 이름을 걷다 내밀어주는 두 손 잡고

우리의 사랑이 엉키고 나약해지는 춤 기꺼이 추겠어

—「유력한 사람」 전문

　　위 시는 폭발적인 에너지로 질주하고 있다. 무릎이 깨지더라도 상관하지 않고, "이렇게나 많은 비가 내리는"데도 개의치 않고 "하이힐 뒷굽이 진흙탕에 움푹 박히도록" 질주한다. 그 이유는 다만, 달린 끝에 무사히 닿은 "우리"를 "으스러지도록 꽉 안아주"기 위해서, 그리하여 "이 순간만큼은 즐"겁기 위해서다.

　　사랑을 향한 질주는 역설적으로 이별을 각오해야 가

능하다. 현재 관계에 대한 애착을 놓지 못하면 이 사랑이 언제 끝날지 가늠하는 일을 멈출 수 없기 때문이다. 이 사랑이 이대로 영원했으면 좋겠다고 바라는 동시에 그 바람이 얼마나 허황된 마음인지 분명히 알고 있는 자만이 온 마음을 다해 기꺼이 사랑할 수 있다.

지나간 일과 앞으로 다가올 일 사이, 반복되는 굴레 속에서 시간과 기억을 엮어내며 도착한 종착지는 결국 사랑이다. 그러니까 사랑은 그 사람과 함께 시간을 보내고, 그 시간을 기억하고, 반복해 돌이켜보고, 그 사람의 전부를 받아들이는 것. 과거와 현재와 미래가 뒤섞인 그 사람의 삶 전체와 관계를 맺는 것. 그리하여 자연스럽게 미래를 꿈꾸고 희망을 나누고 살아갈 힘을 얻는 동시에 "끝을 내기 위해 시작하"는 것. "미래를 꾸준히 실천하는" '지금'의 동력을 얻는 것. 그러니까 지금 당장 너를 보러 가는 것. "우리의 사랑이 엉키고 나약해지는" 것을 예감하면서도 기꺼이 춤을 출 수 있게 되는 것이다.

나를 살아가게 하려면, 진실된 사랑 하나면 된다.
그것 하나만 있으면 나는 무엇이든 다 하고,
이 세계에 필요한 일들을 알아서 척척 잘해나갈 것이다.
―「반감」 부분

지나간 일을 지나간 일로 두기 위해 끊임없이 다음 세

대를 맞이하는 것은 곧 현재를 살아가는 것과 같다. 무언가를 총체적으로 이해한 다음에 결과적으로 현재에 집중하는 일, 나는 그것을 사랑이라고 부르고 싶다. 사랑이라는 말이 진부해 보여도 사랑밖에는 표현할 말이 없다. 사람이 사람에게 정을 주고 마음을 주고 그리하여 살아갈 힘을 주는 것이 사랑이 아니면 무엇이란 말인가. 그러니 한 장 한 장 풍경을 건져내는 시인에게서 또 또 사랑을 발견하고 또 또 사랑을 외칠 수밖에. ▨